SABINE THOMAS (Hrsg.)

Tod am Tegernsee

TEGERNSEE-MORDE Der malerische Tegernsee in der oberbayerischen Alpenregion ist nicht nur eine beliebte Ferienregion und Heimat von Prominenten, Millionären und Milliardären, sondern auch Schauplatz von mörderischen Geschichten.

Zwölf namhafte Autoren mit persönlichem Bezug zur Region haben sich zusammengefunden und präsentieren spannende Kurzkrimis rund um den Tegernsee – von Gmund über Tegernsee, von Rottach-Egern über Kreuth bis Bad Wiessee. Bekannte »Tatorte« sind u.a. das Bräustüberl und das Spielcasino Bad Wiessee, der Wallberg und natürlich der Tegernsee selbst.

Eine Tretbootfahrt führt nicht zum gewünschten Ziel, ein Ausflug auf den Wallberg endet anders als geplant, eine Zockerin setzt nicht nur im Spielcasino alles auf eine Karte, ein Bauer sucht eine Frau und findet den Tod, eine Putzfrau weiß, wie man verräterische Spuren verwischt, und eine Voyeurin entdeckt beim Abendspaziergang ihr Traumhaus am See …

Foto: A. Hob

Die Münchner Autorin und Herausgeberin Sabine Thomas wurde bekannt als TV-Moderatorin. Sie hat einen preisgekrönten Roman sowie zahlreiche Kurzkrimis in Anthologien veröffentlicht und schrieb Drehbücher für eine ARD-Krimiserie. Sie ist außerdem Veranstalterin des »Krimifestival München«, des »Krimifestival Fünfseenland« und der »Tegernseer Kriminächte«. Mit »Tod am Tegernsee« veröffentlicht sie bereits die dritte Anthologie mit Kurzkrimis von den schönsten oberbayerischen Seen.

Alle Autoren im Überblick:
Erik Ode
Jörg Maurer
Oliver Pötzsch
Jörg Steinleitner
Andreas Föhr
Felicitas Mayall
Harry Luck
Tatjana Kruse
Herbert Knorr
Henrike Heiland
Michael Rossié
Sabine Thomas

Bisherige Anthologien der Herausgeberin:
Tod am Starnberger See (2010)
Tatort Ammersee (2009)

SABINE THOMAS (Hrsg.)

Tod am Tegernsee

Kriminalgeschichten vom Tegernsee

GMEINER *Original*

Personen und Handlung sind frei erfunden.
Ähnlichkeiten mit lebenden oder toten Personen
sind rein zufällig und nicht beabsichtigt.

Besuchen Sie uns im Internet:
www.gmeiner-verlag.de

Im Ehnried 5, 88605 Meßkirch
Telefon 07575/2095-0
info@gmeiner-verlag.de

2. Auflage 2013

Lektorat: Claudia Senghaas, Kirchardt
Herstellung: Christoph Neubert
Korrekturen: Katja Ernst
Umschlaggestaltung: U.O.R.G. Lutz Eberle, Stuttgart
unter Verwendung eines Fotos von © Tegernseer Tal Tourismus GmbH
Fotograf: Wolfgang Ehn.
Druck: GGP Media GmbH, Pößneck
Printed in Germany
ISBN 978-3-8392-1195-3

Inhaltsverzeichnis

Josef Wilfling
Vorwort 7

Erik Ode
Der Kommissar und ich 9

Michael Rossié
Kein Anschluss unter dieser Adresse 15

Sabine Thomas
Abendspaziergang 27

Harry Luck
Kreuther Geschnetzeltes 34

Felicitas Mayall
Die Huberbäuerin und der Teufel 47

Jörg Maurer
Tegernseer Breitmaul 62

Jörg Steinleitner
Mörderwinkel. Ein Fall für Anne Loop 70

Sabine Thomas
Die Zockerin 86

Herbert Knorr
Am schönen Tegernsee 95

Henrike Heiland
Gmundner Alibi 100

Tatjana Kruse
Tegernseer Wasserleichen für Anfänger 114

Andreas Föhr
Die stille Nacht 125

Oliver Pötzsch
Heiliger Zorn 143

Autoren-Biografien 167

Josef Wilfling

Vorwort

Der Tegernsee – einer der schönsten und vor allem saubersten Seen Bayerns. Sauber? Dieses Wort hat für einen Naturfreund freilich eine ganz andere Bedeutung als für einen Mordermittler. Zumal sich erfahrene Profis von keiner auch noch so ansprechenden Idylle trügen lassen. Wissen sie doch, dass das Verbrechen überall lauert. Und warum sollte es das Böse nicht auch dorthin ziehen, wo es am schönsten ist? Oder warum traf sich mein großes Vorbild, der berühmteste aller Kommissare, der in den 60er und 70er Jahre mein Vor-Vor-Vorgänger bei der Münchner Mordkommission war, mit seinem filmischen Darsteller Erik Ode ausgerechnet in einem Weinlokal am Tegernsee? Nur weil es dort so schön ist? Nein, liebe Leser. Weil er wusste, dass der See auch 72 Meter tief ist und weil er wusste, was sich in dessen kalten Fluten auf Nimmerwiedersehen versenken lässt. Alles nämlich, was als Corpus Delicti für immer von der Oberfläche zu verschwinden hat.

Was mich das als Münchner Kommissar angeht? Normalerweise haben die »echten« Münchner Kriminaler ja nichts am Tegernsee zu suchen – auch wenn die Münchner TV-Kommissare gerne mal außerhalb ihres Reviers ermitteln. Immerhin ist der Tegernsee einer der wichtigsten Trinkwasserlieferanten für die Landeshauptstadt München. Da ist es doch selbstverständlich, dass man den örtlich zuständigen Kollegen dabei hilft, dass das Wasser möglichst sauber bleibt. Oder?

Josef Wilfling, Kriminaloberrat a.D.
(langjähriger Leiter der Münchner Mordkommission)

Erik Ode

Der Kommissar und ich

Ort der Handlung: Ein leeres Weinlokal in Rottach-Egern.

Zeit der Handlung: Früher Abend.

Holztische, einfache Bänke und Stühle. An einem Ecktisch sitzt der einzige Gast des Lokals. Er schenkt aus einem Steinkrug hellen Rotwein in sein Glas, trinkt und denkt nach.

Auf dem Tisch stapeln sich eng beschriebene Manuskriptseiten, an denen er seit Wochen und Monaten gearbeitet hat. Sie enthalten sein Leben. Noch eine Seite liegt vor ihm, die letzte Seite von allen.

Es herrscht ungewisses Dämmerlicht. Der Gast muss die Augen etwas zusammenkneifen, um besser zu sehen.

Die Tür im Hintergrund wird geöffnet.

Ein Mann kommt herein. Er trägt einen etwas unmodernen Regenmantel und einen biederen Herrenhut mit kleiner Krempe. Er sieht aus wie Kommissar Keller. Er sieht auch aus wie der einsame Gast am Ecktisch.

KOMMISSAR *(räuspert sich)*: Guten Abend, Herr Ode.

ODE: Das dachte ich mir. Einmal wird es passieren, dass ich mit Ihnen sprechen werde.

KOMMISSAR: Ist es Ihnen unangenehm, sich mit mir zu beschäftigen?

ODE: Nee.

KOMMISSAR: Darf ich Platz nehmen bei Ihnen?

ODE: Sie nehmen so viel Platz ein bei mir, bitte, nehmen Sie, was Sie wollen.

Der KOMMISSAR kommt an den Tisch, setzt sich gegenüber von Ode, holt Zigaretten aus der Manteltasche, bietet Ode eine an. Sie rauchen und schweigen.

ODE *(etwas heftig)*: Typisch! Der Kommissar kommt herein und was macht er? Nichts. Sitzt da und hört zu. Kein Gefühlsausbruch, kein Auf-den-Tisch-hauen, nicht einmal ein richtiges freies Lachen hat er auf Lager, der Kommissar!

KOMMISSAR: Schade.

ODE: Was ist schade?

KOMMISSAR: Ich hatte gehofft – nun, dass Sie mich nicht so stark ablehnen würden. Immerhin sind wir uns recht ähnlich, wie Sie selbst sagten, Herr Ode.

ODE: Es sollen sich auch schon mal Zwillinge

geprügelt haben. Was verlangen Sie denn? Den Schwur ewiger Freundschaft und Treue?

KOMMISSAR *(spielt mit Zigarettenschachtel)*: Muss nicht sein. Verständnis genügt, höchstens etwas Dankbarkeit könnte noch dazu kommen. Immerhin habe ich Ihnen Erfolg gebracht.

ODE: Ich habe Ihnen Erfolg gebracht, so rum stimmt's nämlich auch. Aber bitte, wenn Sie wollen, gut. Nur bin ich in dieser Beziehung reichlich verwöhnt, ich hatte auch schon Erfolg, sehr lange vor Ihrem Erscheinen.

KOMMISSAR: Nur nicht in der Größenordnung. Durch mich sind Sie erst richtig berühmt geworden. Populär, beliebt bei Millionen. Jedes Kind kennt Sie.

ODE: Jedes Kind kennt erst einmal Sie, Herr Kommissar.

KOMMISSAR *(lächelnd)*: Mich? Sie vergessen, dass es mich nur alle paar Wochen eine Stunde im Fernsehen gibt.

ODE *(ebenfalls lächelnd)*: Nein, ich vergesse es nicht. Ich weiß nur zu gut, dass es mich jedes Mal drei Wochen angestrengte Dreharbeit kostet, damit Sie für eine einzige Stunde im Fernsehen existieren können. Aber viele Menschen vergessen es, sie verwechseln mich mit Ihnen. Und meine Beliebtheit in vierundzwanzig Ländern ist fest gekoppelt mit Ihrer Beliebtheit. Die Art des Ruhmes ist übrigens etwas ganz anderes als etwa der Ruhm eines Filmstars. Die Stars werden verehrt und angehimmelt und bestaunt. Wenn man im Fernsehen bekannt wird, sieht die Beliebtheit ganz anders aus.

KOMMISSAR: Nämlich?

ODE: Man ist ein alter Bekannter des Fernsehzuschauers. Man erscheint bei ihm in der guten Stube, ist bei jedem Zuschauer zu Hause. Das verwischt jegliche Distanz. Wenn ich mich auf der Straße blicken lasse, haut mir bestimmt einer der Vorübergehenden kameradschaftlich auf die Schulter und sagt: »Mensch, der Kommissar, wie geht's denn?«, und unterdessen haben genügend Leute meine Adresse in Rottach-Egern raus und marschieren völlig unbefangen in meinen Garten, klopfen gegen die Scheiben der Terrassentür und verlangen ihr Autogramm. Es gibt Busunternehmer, die haben für ihre Rundfahrten rund um den Tegernsee fest als besonderes Bonbon für die Touristen eingeplant: Besichtigung des Hauses von Erik Ode.

KOMMISSAR *(etwas amüsiert)*: Lästig, nicht wahr?

ODE: Kein Mensch ist begeistert, wenn er kein Privatleben mehr hat. Selbst als ich mal auf dem Lokus saß –

KOMMISSAR *(unterbricht ihn sanft)*: Wissen Sie, wie Sie mir vorkommen, Herr Ode? Wie ein Mann, der plötzlich zu Geld gekommen ist und nun über die hohen Steuern stöhnt.

ODE *(lacht)*: Mit Bemerkungen über hohe Steuern machen Sie sich auch nicht sympathischer. Klar, wenn kein Hahn mehr nach mir krähen würde, dann wäre ich auch nicht glücklich. Ich bin froh darüber, dass ich so gut bei den Zuschauern ankomme, ich bin auch bereit, sehr viel dafür zu arbeiten. Muss ich aber deswegen mit meinem Privatleben bezahlen?

KOMMISSAR *(betrachtet mit freundlichem Interesse sein Gegenüber)*: Spielen Sie mich denn nicht gerne?

ODE: Manchmal gehen Sie mir auf die Nerven mit Ihrer passiven Art, mit der überlegenen Miene des stillen Besserwissers. Ihnen fehlt ein Fehler. Wenn Sie wenigstens ein bisschen mehr Humor besitzen würden.

KOMMISSAR: Ich wundere mich, mein lieber Ode. Wir sind so viele Jahre zusammen, wir waren oft ein Herz und eine Seele. Und jetzt reden Sie nur von dem, was und trennt.

ODE: Wir standen uns noch nie allein gegenüber wie heute.

KOMMISSAR: Warum lassen Sie mich dann nicht einfach verschwinden?

ODE: Das werde ich auch tun. Es ist ganz einfach. Sie sind meine Figur, ich kann Sie verschwinden lassen durch ein einfaches Fingerschnippen.

KOMMISSAR: Bitte, wenn Sie meinen.

ODE schnippt mit den Fingern und nimmt einen Schluck aus seinem Rotweinglas. Doch der Kommissar bleibt da.

KOMMISSAR: Sehen Sie, ganz so einfach geht es nicht. Ich bin nämlich nicht Ihre Figur allein. Ich bin die Figur des Autors und einer ganzen Reihe anderer Menschen auch noch. Ich bin das Produkt eines ganzen Teams.

ODE *(nickt)*: Stimmt. Es gibt für mich nur einen Weg, Sie zum Verschwinden zu bringen. Ich selbst muss gehen.

ODE steht langsam auf, geht zur Tür. Dreht sich noch einmal um und schaut zum Kommissar, der ruhig sitzen geblieben ist. Ode geht hinaus.

Der Kommissar steht auf und blättert in dem hohen Stapel der Manuskriptseiten, die auf dem Tisch liegen. Er liest, nimmt einen Kugelschreiber und schreibt unter die letzte Seite ein Wort. Langsam verliert er an Kontur, er verschwimmt, wird nebelhaft und löst sich auf. Nach einer ganzen Weile kommt Ode wieder herein.

ODE *(leise)*: Kommissar? – Wo bist du?

Als sich nichts rührt, kommt er zum Tisch zurück.

Er sieht die letzte Seite. Er entdeckt das Wort, das der KOMMISSAR geschrieben hat. Es lautet: ›*Ende*‹.

Michael Rossié

Kein Anschluss unter dieser Adresse

Als das Telefon klingelte, hatte Reinhard Ehrmann gerade das Mittagessen vor der Panoramascheibe mit Blick auf den See und die dahinter liegenden Berge eingenommen. Ein letzter Heißluftballon der Montgolfiade schwebte wie ein bunter Punkt über den glitzernden See.

»Tegernseer Regionalkurier, ich darf Sie beglückwünschen.«

»Wozu?« Ehrmann brauchte ein wenig, um wieder in der Wirklichkeit anzukommen.

»Sie haben gewonnen«, sagte der Mann am Telefon.

»Ich nehme grundsätzlich nicht an Gewinnspielen teil«, antwortete Ehrmann jetzt mit unverhohlen schlechter Laune.

»Sie sind das 1.000. Mitglied des Fördervereins der Leihbücherei.«

»Ich war hier nie in einer Bücherei.«

»Das müssen Sie auch nicht.« Der Mann am anderen Ende der Leitung schien dieses Gespräch schon öfter geführt zu haben. »Jedes neue Mitglied unserer Gemeinde ist automatisch Mitglied im Verein. Und dieser Verein unterstützt unsere Leihbücherei. Wie

Sie es auch drehen und wenden – Sie haben einen Präsentkorb gewonnen. Und ich möchte ein kleines Porträt über Sie in unserer Zeitung schreiben. Wann kann ich vorbeikommen?«

»Gar nicht!«, brummte Ehrmann, »Ich stifte das Zeug!« Dann legte er auf.

Als es an der Tür klingelte, war Ehrmann gerade dabei, vor dem Fenster mit Blick auf den in der Sonne funkelnden See den Wirtschaftsteil einer seiner drei Tageszeitungen zu lesen, für den er jeden Tag länger brauchte.

Ein junger Mann in Jeans und halblanger Lederjacke stand vor der Tür. Er mochte Anfang 30 sein und trotz seiner lockeren Kleidung sah er aus, als habe er sich für Ehrmann fein gemacht.

»Sven Sander, Tegernseer Regionalkurier«, sagte er strahlend, »ich hatte mich eben angemeldet.«

Bevor Ehrmann etwas antworten konnte, klopfte ihm der junge Mann auf die Schulter und schob sich mit hauchfeinem Körperkontakt an Ehrmann vorbei in die Wohnung. Er roch frisch gebadet.

Ehrmann wollte schon die Tür hinter ihm schließen, besann sich dann aber eines Besseren.

»Raus mit Ihnen!«, sagte er in den Rücken von Sander, der schon begonnen hatte, sich in der Wohnung umzusehen. »Ich will Ihren Präsentkorb nicht, ich will nichts gewinnen und ich will keinen Artikel in der Zeitung.«

»Publicity braucht doch jeder!« Sander legte ein sonores Timbre in die Stimme.

»Ich nicht!«, wiederholte Ehrmann. »Bitte verlassen Sie sofort mein Haus.«

Jetzt drehte sich Sander um und sah ihm direkt in die Augen. Alles Freundliche war verschwunden, als sei es nie da gewesen. Er kostete die Situation aus, in der er Herr der Lage war.

»Ich werde einen Artikel über unser Jubiläumsmitglied schreiben, so viel steht fest. Ob Sie wollen oder nicht.«

»Ich will nicht!«, sagte Ehrmann wie ein trotziges Kind. Der gestandene Geschäftsmann Mitte 50, der auch zu Hause immer ein weißes Hemd trug und für Besuch normalerweise eine Krawatte angelegt hätte, wenn er willkommen gewesen wäre, war mit der Situation hoffnungslos überfordert. Was wollte dieser Typ?

»So viel passiert hier am Tegernsee nicht!«, fuhr der junge Mann fort. »Ich kann mir doch ein so wichtiges Thema für einen Artikel nicht entgehen lassen. Schließlich lebe ich davon.«

»Geht es um Geld?«, fragte Ehrmann.

»Geht es nicht immer um Geld?«, antworte Sander milde lächelnd.

Ehrmann hatte verstanden. Er begann nach seiner Geldbörse zu suchen. »Ich finde das gelinde gesagt sehr eigenartig. Um nicht zu sagen außerordentlich eigenartig, dass Sie mir mitteilen, ich hätte etwas gewonnen, und jetzt wollen Sie auf einmal Geld von mir. Aber bitte schön, wenn ich dann meine Ruhe haben kann.« Er hatte inzwischen die Geldbörse gefunden.

»Hier sind 50 Euro, das dürfte die Unkosten für den entgangenen Artikel decken. Und jetzt verschwinden Sie!«

Der andere lachte, er lachte aus vollem Hals über Ehrmann, der da stand, vor der offenen Tür, mit der vorgestreckten Hand, einen Geldschein in die Luft hielt, der sich leicht bewegte, weil die Hand von Ehrmann so zitterte.

»Was denken Sie von den Menschen am Tegernsee?«, fragte der Journalist, als er sich wieder gefangen hatte.

»Nur das Beste«, sagte Ehrmann, jetzt hörbar gereizt. »Hier leben nette, freundliche Menschen, ich bin sehr froh, hier zu wohnen, aber jetzt lassen Sie mich um Gottes willen endlich allein.«

Als Sander keine Anstalten machte, sich Richtung Tür zu bewegen oder ihm den Geldschein abzunehmen, fing Ehrmann an zu brüllen: »Raus hier!«

Wieder kostete Sander die Stille aus und begab sich dann in die Richtung, in der er das Wohnzimmer vermutete. Das Haus lag am Hang und das Zimmer mit der besten Aussicht durfte wohl der Hausmittelpunkt sein.

Die Zeitung zeigte ihm, wie Ehrmann gesessen haben musste. Und so setzte er sich aufs Sofa, sodass Ehrmann und er sich gegenüber gesessen hätten, hätte

Ehrmann sich denn hingesetzt. Stattdessen holte der das Telefon.

»Ich rufe die Polizei!«, sagte Ehrmann.

»Bestellen Sie dem Schorsch schöne Grüße, ich muss nachher ohnehin bei ihm vorbei, die Äpfel für Maria abholen«, sagte Sander bestens gelaunt.

Nach kurzem Nachdenken legte Ehrmann das Schnurlostelefon wieder in die Ladestation und zwang sich zur Ruhe.

»Was wollen Sie?«

»Es zieht ein bisschen«, sagte Sander, »ich schlage vor, Sie schließen die Tür und setzen sich zu mir.«

»Warum sollte ich das tun?«, fragte Ehrmann.

»Sie wollen doch, dass ich möglichst schnell wieder gehe, oder?«

Ehrmann wusste nicht, was er tun sollte. Er kontrollierte reflexartig den Reißverschluss seiner Hose, und der war tatsächlich offen. Mit Besuch hatte er eben überhaupt nicht gerechnet.

Er ging zurück in den Flur, schloss die Haustür, kam zurück und setzte sich seinem Gast gegenüber. Er war angespannt und in seinem Gesicht konnte man deutlich seine Wut erkennen. Trotzdem wartete er ab.

Schon ein paar Sekunden später hielt er es nicht mehr aus.

»Hören Sie!«, begann Ehrmann, »ich habe mich hier an den Tegernsee zurückgezogen, weil ich meine Ruhe haben will.«

»Gefällt es Ihnen hier?«

»Ja, natürlich gefällt es mir hier. Unberührte Natur, eine Landschaft mit Charme, liebenswürdige Menschen …«

»Sie haben unser Prospektmaterial aufmerksam studiert.«

»Allerdings, deswegen wollte ich ja hierhin. In eine der schönsten Gegenden Deutschlands.«

»Herr Ehrmann, Sie beschämen uns!«

»Quatsch, das steht in Ihren Prospekten.«

»Und stimmt es etwa nicht?«

»Natürlich stimmt es. Und jetzt gehen Sie.«

»Wissen Sie«, sagte Sander mit einem melancholischen Unterton, »man kann sich hier oberhalb des Sees wirklich wohl fühlen. Hat Ihnen der Makler auch versprochen, dass Sie keine Nachbarn haben werden und Sie sich unbeobachtet und ungestört fühlen können?«

»Wieso?«

»Weil das ein Argument ist, das zieht.«

»Es hat auch bei mir gezogen. Und jetzt gehen Sie. Mein lieber Herr …«

»Sander!«

»Mein lieber Herr Sander, ich sage es jetzt zum letzten Mal, ich bin hier an den Tegernsee gezogen, damit ich meine Ruhe habe.«

»Die einen«, antwortete Sander, »kommen, weil sie hier ihre Ruhe finden, die anderen kommen, weil sie die Ruhe woanders nicht finden.«

Ehrmann richtete sich kerzengerade auf. »Was meinen Sie denn damit?«

»Sie sind nicht ganz freiwillig hier, oder?«

»Was soll das, natürlich bin ich freiwillig hier!«

»Na ja, wollen wir mal so sagen«, Sander lächelte, »im Golfclub in Frankfurt können Sie sich im Moment nicht gut sehen lassen.«

»Was wollen Sie von mir?« Ehrmann jammerte fast.

»Herr Ehrmann, die Finanzkrise kennt nicht nur Verlierer! Da haben ein paar Menschen sehr gut verdient.«

»Niemand kann einem Geschäftsmann vorwerfen, wenn er Geld verdient. Sind Sie Kommunist?«

»Nein, nein, aber Sie haben im großen Stil abgeräumt. Allein Ihre Abfindung für einen Fonds, der Tausende in den Ruin getrieben hat, war siebenstellig.«

»Sie können mir gar nichts. Es war alles absolut legal.«

»Das war es, Herr Ehrmann, aber Sie wollen trotzdem lieber abtauchen, bis sich die Wogen ein wenig geglättet haben. Nur allzu verständlich und trotzdem bleibt da so ein fader Nachgeschmack.«

»Ich gebe Ihnen einen Scheck über 10.000 Euro, wenn Sie sofort verschwinden.« Diesmal lächelte Sander nur, sie schienen sich anzunähern.

»Ich verstehe Sie, das könnte unangenehm werden, wenn jemand erführe, wo sie untergetaucht sind. Die Demonstranten vor dem Haus, ein beschmierter Hauseingang, zerstochene Reifen …«

»20.000!«

»Das ist sowieso angemessener, bei Ihrem Vermögen. Und wenn es nur um mich ginge, kein Problem. Aber wissen Sie, wir, die wir hier am See geboren sind, wir halten zusammen. Und der Kindergarten im Ort ist stark renovierungsbedürftig ...«

»Was geht mich Ihr Kindergarten an!«

»Vielleicht denken Sie mal an Nachwuchs!«

»Denke ich nicht! Sie sind ein mieser kleiner Erpresser.«

»Aber Herr Ehrmann!«

»Ich zahle gar nichts! Sie werden sehen! Ich brauche hier niemanden!«

»Wenn Sie sich da nicht täuschen! Ich meine, ich wünsche es Ihnen nicht. Aber stellen wir uns vor, Sie hätten eine verstopfte Toilette, und der Klempner kommt nicht. Wochenlang nicht. Monatelang nicht. Also ich fände das unangenehm.«

»Wieso sollte der Klempner nicht kommen?«

»War schon jemand wegen der Fernsehantenne da?«

»Nein, wieso ...?«

»Ja, ich fürchte, das wird noch dauern. Genauso wie mit dem Müll. Ich habe gesehen, der wurde nicht abgeholt.«

»Schon seit Wochen nicht!«

»Ja, das geht vielen Neubürgern so, die kurz vor der Finanzkrise hierher gezogen sind.«

»Sie wollen sagen, die holen den Müll mit Absicht nicht ab?«

»Ja, was glauben Sie denn? Glauben Sie, der Getränkehändler bringt Ihnen keine Getränke, weil sie so weit weg wohnen? Und dass Sie hier keinen Termin beim Friseur kriegen? Das halten Sie doch nicht etwa für Zufall, oder?«

Ehrmann sagte kein Wort. Er saß auf dem Sofa und man sah, dass es in ihm arbeitete. Er hatte bisher wirklich nicht kombiniert. »Meine Putzfrau hat gesagt …«

»Ja, die Agnes!« Sander schmunzelte. »Sie weiß leider nicht, was ein Investmentfonds ist.«

»Unterstehen Sie sich, sie aufzuhetzen. Ich brauche sie hier!«

»Wir sind eine große Familie, Herr Ehrmann. Sie ist die Schwester des Arbeitskollegen meiner Frau. Da bahnen sich wichtige Informationen mit großer Kraft ihren Weg. In diesen rauen Gegenden sollte man ein Zeichen setzen.«

»Verlassen Sie mein Haus!«

»Stellen Sie sich vor, Sie sind auf ›Essen auf Rädern‹ angewiesen, und zu Ihnen kommt niemand. Der Apotheker kann Ihre Medikamente nicht auftreiben. Das passiert hier oft, wenn ein Fremder etwas bestellt. Und auch mit Zahnschmerzen möchte man doch nicht stundenlang fahren, ehe man einen Zahnarzt findet, dem egal ist, wo man herkommt. Ja, selbst die Feuerwehr ist hier sehr wählerisch, zu wem sie ausrückt. Da passieren manchmal die merkwürdigsten Sachen.«

»Ich würde hier schon für Recht sorgen!«

»Schlechtes Stichwort. Auch ein Rechtsanwalt, der Fremde vertritt, ist hier äußerst schwer zu finden.«

»Ist das der Grund, warum ich keinen Termin in der Autowerkstatt bekomme?«

Sander nickt.

»Und keinen Termin vom Klavierstimmer?«

»Exakt. Auf ein Klavier kann man verzichten. Aber wenn es hier so richtig schneit ...«

»Ich finde jemanden, der die Straße räumt.«

»Bis München müssen Sie da schon rumtelefonieren. Schätze ich. Wenn das überhaupt jemand macht. Im Winter kann es hier sehr ungemütlich werden. Zumindest, wenn man es nicht gewohnt ist. Da ist der Kindergarten wohl das kleinere Übel.«

»Und wenn ich nicht zahle?«

»Auch eine Möglichkeit. Der Kollege vom Radio kommt übermorgen, und der Location-Scout für die Kölner Filmproduktionen wird sich exklusiv darum kümmern, dass Ihr Haus in ein paar Fernsehserien im Hintergrund auftaucht. Vielleicht bringen wir dann auch eine kleine Homestory irgendwo unter.«

Ehrmann schaute grimmig vor sich hin. »Wie viel kostet mich der Kindergarten?«

»Das wird wohl sechsstellig werden!«

»Sind Sie wahnsinnig?«

»Seien Sie froh, dass ein Kollege von Ihnen schon die Schule hat renovieren lassen. Das war richtig teuer.

Aber überlegen Sie mal. Vielleicht wollen Sie ja gar nicht am Tegernsee bleiben?«

»Wenn ich bleiben will, kostet es 100.000?«

»170.000. Der Kindergarten ist wirklich sehr heruntergekommen.«

»Lassen Sie mich dann in Ruhe?«

»Für den Moment ja!«

»Und wenn ich hier wieder wegziehe?«

»Das geht jederzeit. Aber wundern Sie sich nicht, wenn Sie für Haus und Grundstück nicht mehr ganz den Preis bekommen, den Sie dafür bezahlt haben. Nur falls Sie wirklich mal von hier weg wollen. Die Familie des Maklers ist seit vielen Jahrzehnten hier ansässig.« Sander stand auf. »Sie werden sehen, es wird alles gut werden!«

»Ich nehme an, mit den Stromausfällen ist dann auch Schluss?«

»Ich verspreche es!«, sagte Sander.

»Und Sie lassen mich in Ruhe?«

»Wie war das mit den Bonuszahlungen in Ihrer alten Firma, die gab es doch jährlich, oder?«

Ehrmann hatte verstanden.

Sander ging Richtung Wohnungstür, ohne sich umzudrehen.

»Übermorgen bekommen Sie den Kostenvoranschlag für den Kindergarten. Eine Spendenquittung gibt es leider nicht. Ihr zuständiger Finanzbeamter ist von hier.«

Sander öffnete die Haustür, grüßte noch einmal

kurz und verschwand dann über die schmale Straße, abwärts, Richtung See. Ehrmann sah ihm nach.

Die Berge waren plötzlich wie von einem hauchdünnen giftigen Film überzogen, der See dampfte bedrohlich, und der grellbunte Heißluftballon war wie vom Erdboden verschluckt. Es roch nach Schwefel und ein kalter Wind bauschte jede Falte seiner Kleidung. Ewig würde er hier nicht bleiben können. Wie konnte man sich sicher fühlen, wenn man den ganzen See gegen sich hatte.

Sabine Thomas
Abendspaziergang

Die Kirchturmuhr von St. Laurentius schlug neun Mal, als ich in Rottach-Egern von der Nördlichen Hauptstraße bei der Buchhandlung am Eck abbog, meinen Wagen dort in der Nähe parkte und dann meine Schritte Richtung See lenkte.

In der Hand hielt ich eine Hundeleine. Damit machte ich mich weniger verdächtig, wenn ich Abend für Abend am idyllischen Malerwinkel und an den todschicken Villen am Ufer entlang spazierte und heimlich im Vorbeilaufen in hell erleuchtete Fenster blickte.

Es nieselte leicht an diesem kühlen Spätsommerabend. Niemand begegnete mir, als ich den Kurpark durchquerte und auf den verwaisten Pavillon zuging, in dem den ganzen Sommer über schöne Freiluftkonzerte stattgefunden hatten. Auf dem schwarzen See spiegelte sich das Licht der Laternen. Ein hell erleuchteter Party-Dampfer durchkreuzte die Egerner Bucht, die Musik wehte über das Wasser ans Ufer.

Seit über einem Jahr suchte ich hier in dieser wunderschönen Idylle eine Wohnung mit Seeblick. Unermüdlich hatte ich in verschiedenen Zeitungen inseriert und Zettel an Bäumen, Laternenmasten und in Supermärkten, Feinkostläden und Cafés aufgehängt, um eine schöne und halbwegs bezahlbare Wohnung mit Seeblick zu finden – ohne Erfolg. Ich beschloss deshalb, meine Taktik zu ändern. Ich suchte jetzt nicht mehr einfach nur eine Wohnung, sondern: einen Mann mit Wohnung. Noch besser: Einen Mann mit Haus und Seegrundstück. Wenn schon, denn schon.

Ich lief die Seestraße hinunter, vorbei an den teuren Boutiquen und dem altehrwürdigen *Hotel Bachmair*, wo gerade ein Reisebus mit einer amerikanischen Reisegruppe angekommen war.

Nach dem *Hotel Überfahrt* begann der interessanteste Teil meines Abendspaziergangs. Ab hier führte ein langer Uferweg am Schorn entlang, wo die heiß begehrten exklusiven Seegrundstücke lagen.

Ich verlangsamte meine Schritte. In einer dieser Villen lebte das Objekt meiner Begierde. Seit ich bei einem meiner nächtlichen Streifzüge den Hausherrn beim Liebesspiel auf dem Esstisch durchs hell erleuchtete Fenster beobachtet hatte, wollte ich nicht nur das Haus, sondern auch – den Tisch.

Natürlich hatte ich sofort den Namen auf dem Briefkasten vor dem Haus gegoogelt und wusste, dass der Hausherr mit Vornamen Quirin hieß.

Quirin und seine Freundin saßen gerade beim Abendessen. Ich beobachtete das schöne Paar eine Weile. Beide stocherten lustlos in der Pasta herum und schwiegen sich an. Im Hintergrund lief der Fernseher.

Ich beschloss, ein bisschen Pep in die lahme Beziehung zu bringen. Blitzschnell kletterte ich über den Zaun, schlich im Schutz der Bäume und Büsche über das langgestreckte Grundstück um das Haus herum, fummelte meinen sündteuren schwarzen Seiden-Slip von *Victorias Secret* aus der Tasche und stopfte ihn in Quirins Briefkasten. Dann lief ich zurück zum Ufer, versteckte mich im Gebüsch, fischte das Handy aus der Tasche und wählte Quirins Nummer, die ich praktischerweise schon gespeichert hatte. Nach dem dritten Klingeln erhob er sich und ging zum Telefon.

»Hallo? Hallo?? Wer ist da? Hallo!«

Genervt knallte er den Hörer auf. Ich wartete, bis er wieder am Esstisch Platz genommen hatte, dann drückte ich die Wahlwiederholung. Wütend knüllte er seine Serviette zusammen, sprang auf und war mit zwei Schritten am Telefon.

»Hallo!« rief er ungehalten. »Was soll der Quatsch?!«

Als er wieder saß, drückte ich erneut die Wahlwiederholung.

Quirin machte eine rüde Handbewegung. Seine Freundin erhob sich steif und ging zum Telefon.

»Ja bitte?« säuselte sie mit unnatürlich hoher Stimme.

»Hallooo«, flüsterte ich. »Im Briefkasten ist Post …«

»Wer ist da?« schrie sie schrill.

Ich unterbrach die Verbindung und beobachtete feixend, wie sie den Hörer fallen ließ und aus dem Zimmer rannte.

Sekunden später stürmte sie wutentbrannt zurück ins Wohnzimmer und knallte meinen Slip auf den Tisch. Quirin begutachtete das teure Stück grinsend mit Kennermiene. Der Mann hatte Geschmack!

Seine Freundin war außer sich vor Wut. Sie tobte, schrie und bedrohte ihn sogar mit Messer und Gabel. Zuerst lachte er, dann wurde er plötzlich wütend.

Ich grinste und drückte die Wahlwiederholung. Beide stürzten gleichzeitig zum Telefon und kämpften erbittert um den Hörer. Längst hatte ich die Verbindung unterbrochen. Handygebühren sind schließlich teuer.

Plötzlich wickelte Quirin seiner hysterisch kreischenden Freundin die Telefonschnur um den Hals

und zog zu. Langsam sackte sie zu Boden und rührte sich nicht mehr.
Ich schnappte nach Luft. Gelähmt vor Schreck beobachtete ich, wie Quirin die leblose Gestalt hastig in einen Teppich wickelte und aus dem Zimmer schaffte. Kurz darauf sah ich, wie eine Terrassentür geöffnet wurde und Quirin den Teppich quer durch den Garten hinunter zum Ufer schleifte. Kurz darauf wurde ein Ruderboot ins Wasser geschoben. Das Boot entfernte sich rasch vom Ufer und wurde bald von der Dunkelheit der Neumondnacht verschluckt.

Stundenlang lief ich am Ufer entlang und versuchte, einen klaren Gedanken zu fassen. Eigentlich müsste ich jetzt die Polizei benachrichtigen. Aber dann müsste ich auch erklären, warum ich spätabends noch allein am Seeufer unterwegs war und bei fremden Leuten ins Fenster glotzte. Womöglich würde man mein Handy checken und feststellen, dass ich die letzten verhängnisvollen Anrufe bei Quirin getätigt hatte. Und dann gab es noch meine Fingerabdrücke auf dem Briefkastendeckel und meinen Slip am Tatort …

Zunächst müsste ich also meine Spuren beseitigen, so gut es ging.

Ich lief den Uferweg zurück zu Quirins Haus und verwischte mit einem Tempotaschentuch hastig meine Fingerabdrücke auf dem Briefkastendeckel. Aber wie sollte ich mir Zugang zu der alarmgesicherten Villa verschaffen, um meinen Slip vom Tatort zu entfernen? In diesem Augenblick hörte ich, wie hinter dem Haus die Terrassentür geschlossen wurde.

Ich schlich wieder ums Haus und blickte in Quirins Wohnzimmerfenster. Er saß vor dem Fernseher, so, als wäre nichts geschehen. Auf dem Bildschirm erschien das Intro von TATORT.

Das war meine Chance. Ich ging zur Haustür, zog den Lippenstift nach, straffte die Schultern und klingelte.

Quirin öffnete die Tür. Aus kurzer Distanz gefiel er mir nicht mehr ganz so gut, aber das spielte jetzt keine Rolle mehr. Sein Blick flackerte.

»Ja bitte?«

»Guten Abend«, sagte ich und setzte ein charmantes Lächeln auf. »Ich habe zufällig vorhin Ihr kleines Drama durchs Fenster beobachtet. Darf ich eintreten?«

Er starrte mich entsetzt an. Ohne eine Antwort abzuwarten, ging ich an ihm vorbei in die Wohnung, setzte mich auf die knallrote Designer-Ledercouch, schlug die Beine übereinander und blickte mich interessiert um.

»Schön haben Sie's hier«, sagte ich und zündete eine Zigarette an.

Er starrte mich immer noch fassungslos an.

»Was wollen Sie von mir?«

Ich inhalierte tief und schenkte ihm einen langen Blick.

»Keine Angst, ich werde niemandem unser kleines Geheimnis verraten …«

»Wer sind Sie? Was wollen Sie?« keuchte er.

Ich lächelte.

»Gestatten: Ich bin Ihre neue Mitbewohnerin.«

Noch in der gleichen Woche zog ich in mein Traumhaus ein. Quirin zog kurz darauf aus, mit unbekanntem Ziel. Mit ihm hätte es ohnehin auf Dauer nicht geklappt. Auch der Esstisch blieb unbenutzt.

Dafür habe ich jetzt neben meinem Traumhaus auch wieder einen Hund, mit dem ich jeden Abend an der Uferpromenade Gassi gehe. Ich schaue immer noch gerne im Vorbeilaufen in hell erleuchtete Fenster. Und ich habe auch schon wieder ein neues Objekt im Visier …

Harry Luck
Kreuther Geschnetzeltes

»Maleen tut mir leid«, sagte Tessa und nahm ein Haribo-Colafläschchen aus der pinkfarbenen Ikea-Schüssel, die auf einem violetten Ikea-Couchtisch stand.

»Ich an ihrer Stelle würde einfach fliehen«, meinte Lena und blätterte gelangweilt in einem Gratis-Anzeigenblatt, das jeden Montag stapelweise in ihrem Treppenhaus lag. Noch über eine halbe Stunde dauerte ihre Lieblingssendung, zu der sie sich einmal die Woche mit ihrer Freundin verabredete. »Bauer Beppo ist ein Dummkopf. Sie sollte ihn zum Teufel jagen.«

»Haha, zum Teufel – ja. Das würde ihn mit seinem frommen Getue richtig treffen.« Tessa griff zu ihrem Glas Coke Zero und nahm einen tiefen Schluck.

*

»Jetzt woll ma betn«, sagte Beppo, den die Moderatorin immer als den ›frommen Schweinebauern aus dem Tegernseer Tal‹ ankündigte, obwohl er genau genommen im Kreuther Tal residierte. Beppo saß neben Maleen auf einer geschnitzten Holzbank, vor ihnen der gedeckte Tisch. Hinter ihm hing ein Ölgemälde mit Alpenpanorama an der Wand.

»Ja, beten«, sagte die zierliche Thailänderin demütig und hilflos zugleich, wobei sie für einen Moment die Augen schloss.

»Is ned schwa, mei Marlene. A bayerische Bauersfrau muss des Tischgebet kinna«, sagte der bullige Landwirt und griff sanft mit seiner kräftigen Hand um das zarte Handgelenk der schüchternen Frau an seiner Seite, die er stets Marlene nannte. Vermutlich dachte er wirklich, dass sie so hieß. »Im Namen des Vaters und des Sohnes …« Er führte ihre Hand an die Stirn, die Brust. »… und des Heiligen Geistes.« Er zog ihre zitternde Hand von links nach rechts über ihren in ein Dirndl geschnürten Oberkörper. »A… sog's aa amoi! Aaaamen …«

»Ahhhhm«, sagte Maleen und bewegte die Lippen lautlos, während Beppo das Tischgebet sprach: »Komm, Herr Jesus, sei unser Gast und segne, was du uns bescheret hast. An Guadn.«

»Gunattit«, war Maleen leise zu hören, während die Kamera auf die dampfende Schüssel mit Breznknödel zoomte. Daneben stand ein stählerner Topf mit Krautgeschnetzeltem von der Schweinelende mit Salzkartoffeln und Paprikawürfeln.

Beppo hob einen Bierkrug vor Maleens Gesicht und rief: »Prost, Marlene.«

»Poohst, Beppo.«

»Schau ma mal, ob dei Geschnetzeltes heit guat woan is.« Er lachte gönnerhaft. »Wennst an Tegernseer Bauern heiraten wuist, muasst a guads Bauerngulasch kocha kinna. Aber des kriang ma scho hi. Du wiast imma bessa, mei liaba, schlitzäugiga Engl!«

»Danke, Beppo«, wisperte Maleen und wartete, bis er zu essen begann. Dann griff auch sie zu Messer und Gabel. Stäbchen gab es auf dem idyllischen Bauernhof im Kreuther Tal nicht.

Die piepsende Stimme der Moderatorin war nun zu hören, die zu einem rothaarigen, schlaksigen Landwirt aus Schleswig-Holstein namens Arndt überleitete, der sich nicht zwischen den potenziellen Traumfrauen Amber und Gaby entscheiden konnte.

*

»Wie groß muss die Torschlusspanik sein, dass man sich als Kandidatin für ›Bauer in Love‹ bewirbt?«, fragte Tessa und füllte eine weitere Haribo-Tüte in die leer genaschte Schüssel.

»Wieso?«, entgegnete Lena. »Ich glaub nicht, dass Bauer Beppo schlimmer ist als 80 Prozent der Typen, die draußen frei herumlaufen und auf Brautschau sind.«

»Da könntest du recht haben«, stimmte Tessa zu. »Und wenn man sich schon einen verrückten

Kerl an den Hals bindet, dann doch lieber einen mit großem Hof und Geld wie Heu. Immerhin kann er sein Abendessen mit seiner Frau zusammen genießen.«

*

Auch in der Wohnstube des Bauernhauses im Kreuther Tal lief der Fernseher, während dunkle Wolken über der kleinen Ortschaft im Tegernseer Tal aufzogen. Auf dem Bildschirm war die Abmoderation von ›Bauer in Love‹ zu sehen.

»Mach ma den Kastn besser aus, bevor da Blitz eischlogt«, brummte Bauer Beppo, der in einem verschlissenen Jogginganzug mit einer Flasche Tegernseer Bier aus dem Herzoglichen Bayerischen Brauhaus auf einem alten Sofa saß. Zwar war sein Gehöft in der unberührten Landschaft von Kreuth schon lange ans Kabelnetz angeschlossen, aber er hatte seit Jahrzehnten verinnerlicht, dass bei Gewitter der Fernseher auszuschalten war. Maleen nippte an einer Apfelschorle. Jetzt lief der Abspann von ›Bauer in Love‹. Schon vor Monaten waren die Aufnahmen für diese Staffel abgedreht worden. Beppo schaute Maleen auffordernd an.

Er hob die Stimme: »I hob gsogt: den Kastn aus! Host mi?«

Maleen schrak auf und warf beinahe ihr Glas um.

»Ja, sofott. Fähnsähn aus.«

Sie stand auf, um die Fernbedienung zu holen, die einen halben Meter vor Beppo auf dem Tisch lag.

»Und an Stecka aa. Und 's Kabel vo da Antenne.« Er trank den letzten Schluck aus seinem Bierglas. »Geht's aa a bissi schnella? A Watschn is schnella gschmiat als a Buttabrot!«

Maleen stand vor dem modernen Flachbildfernseher, der in der rustikalen Bauernstube wie ein Fremdkörper wirkte. Etwas unbeholfen suchte sie an der Rückseite des Gerätes nach dem richtigen Stecker. Sie zog sanft an einem Kabel, konnte es aber nicht aus der Buchse lösen. Hilfe suchend schaute sie zu Bauer Beppo hinüber.

»Zefix!«, schimpfte er. Ein Blitz erhellte draußen den Himmel. »Muss ma denn ois seiba macha? Und mei Bier is aa scho wieda laa!«

Wütend schleuderte er die Bierflasche gegen die Wand neben dem Fernseher. Draußen donnerte es, und die Flasche zerbarst in tausend Splitter, die sich auf dem fast hundert Jahre alten Holzfußboden verteilten.

Maleen zuckte vor Schreck zusammen. Dann sagte sie leise: »Ich hole dir neue Bier.«

»Aber hurtig«, rief er. »Und hoi an Besn, damit du die Scherm wegrama kannst.«

*

Am nächsten Morgen läutete um halb fünf der Wecker. Wie jeden Tag versorgte Maleen zunächst die Schweine im Stall. Das war keine schwierige Aufgabe, das hatte sie schnell gelernt. Routiniert erledigte sie ihre Arbeit, um danach Beppo das Frühstück zu bereiten. Wie gern hätte sie sich jetzt noch einmal hingelegt, wie sie es in den vergangenen Jahren in ihrer Heimat, wo sie in einer Nachtbar bedient hatte, stets getan hatte. Doch sie hatte hier eine Aufgabe. Die musste sie erfüllen, um im reichen Deutschland glücklich zu werden und nicht länger europäischen Urlaubern auf der Ferieninsel Phuket mit Thai-Massagen die Wohlstandsbäuche zu kneten, wie sie es viele Jahre in ihrer Heimat getan hatte.

Inzwischen war Beppo aufgestanden.

»Wo is mei Zeitung?«, rief er aus der Küche.

»Zeitung is nit da«, antwortete sie unterwürfig, nachdem sie sich noch einmal vergewissert hatte, dass die ›Tegernseer Zeitung‹ nicht im Briefkasten steckte.

»Zefix, warum is de Zeitung no ned do? Wofür zoi i des deiere Abo, wenn's in da Fria ned da is? Zefix no amoi!«

Maleen setzte sich pflichtbewusst neben Beppo, jedoch weit genug weg, um keine spontane Watschn einzufangen.

Beppo widmete sich seinem Frühstücksei.

*

Fertig, dachte Maleen und schaltete den Herd aus. Sie hatte ihrem Beppo ein außergewöhnliches Mittagsmahl gekocht. Sie stellte den heißen Topf auf ein

Tablett, daneben einen Laib Bauernbrot und das Brotmesser.

»Zefix, wos isn des fia a Fraß?«, grantelte Beppo, als er sah, was ihm serviert wurde. Wütend stocherte er in seinem Teller herum. »Warum host du ned wia immer mei Gschnetzeltes kocht?«

»Gunattit«, sagte sie. »Lecka Thai-Curry mit Kokosmilch und Sojasoße. Mein bestes Gericht. Vorsicht, sehr schaaf.« Maleen stand in gebührendem Abstand neben dem Esstisch und wartete gespannt ab, was weiter geschah.

»Des Fidschi-Futta hier kannst seiba fressn!« Beppo stand auf und hob drohend seine rechte Hand. Er machte zwei große Schritte auf Maleen zu. »Glaubsd wirklich, i ess diesen Schmarrn? Den kannst dia seiba ...« Bedrohlich hob er seine Hand, die er zur Faust geballt hatte.

»Hör auf, Beppo!«, unterbrach sie ihn.

»Wia, hör auf? Wos buidst du dir ei?«

»Wenn du mei Thai-Curry net essen willst, dann gehen wir die Sweine füttan.«

»Wia? Die Sau fuaddan? Glaubst du, die meng die ...« Weiter kam Beppo nicht.

*

Tessa zappte durch die Fernsehkanäle. Wegen eines wichtigen Fußballspiels gab es heute keine Sendung von ›Bauer in Love‹. Im Ersten war ein alter James-Bond-Film zu sehen, im Zweiten eine Reportage über Mietnomaden.

Ich will niemals Vermieter sein, dachte Tessa, nachdem sie zwei Minuten der Doku fassungslos zugeschaut hatte, und schaltete auf den nächsten Sender. Regionalnachrichten.

»… der schwere Verkehrsunfall ereignete sich bei Leeberg«, hörte sie eine männliche Off-Stimme zu Bildern eines umgestürzten Lastwagens. »Die B 307 in Richtung Rottach wurde für mehrere Stunden gesperrt. Der Fahrer blieb wie durch ein Wunder unverletzt.« Dann war der Nachrichtensprecher im Bild zu sehen, neben ihm war das Schwarz-Weiß-Foto eines Mannes eingeblendet, der Tessa bekannt vorkam. »Und jetzt kommen wir zu einer Vermisstenmeldung der Polizei Miesbach. Gesucht wird der 51-jährige Landwirt Joseph, genannt Beppo, Bachmair aus dem Kreuther Tal. Bachmair ist bekannt aus der Fernsehreihe ›Bauer in Love‹, in der er als kauziger Schweinebauer das Herz der schüchternen Thailänderin Maleen eroberte, die er kurz nach Abschluss der Dreharbeiten heiratete. Bachmair wurde nach Angaben der Polizei vor drei Tagen zuletzt gesehen. Vermisst gemeldet wurde er von seiner Ehefrau, die keine Erklärung für das plötzliche Verschwinden ihres Gatten hat. Die noch nicht gezeigten Folgen von ›Bauer in Love‹ sollen wie geplant ausgestrahlt werden.«

Es folgte eine genaue Personenbeschreibung von Bauer Beppo und die Aufforderung, sachdienliche Hinweise jeder Polizeidienststelle zu melden. Dann kam der Wetterbericht, der nichts Gutes prophezeite.

*

Maleen schritt über den Hof. Seitdem sie hier allein wohnte, kam ihr alles noch viel größer vor. Die Suche der Polizei war bisher ergebnislos geblieben. Bauer Beppo hatte sich scheinbar in Luft aufgelöst. Es gab keinen Abschiedsbrief, und auch ein Unfall konnte ausgeschlossen werden. Sein bordeauxroter Porsche-Cayenne stand wie immer auf dem Hof. Hier musste das Leben weitergehen. Gut, dass Maleen gelernt hatte, was wo und wie und wann zu erledigen war. Sie näherte sich dem Stall, wo 32 Schweine auf ihre Fütterung warteten.

Ihr Blick blieb an den Blumenkästen mit den Geranien hängen, die unter jedem der zahllosen Fenster des großen Bauernhauses montiert waren. Sie würde jemanden einstellen müssen, der zum Blumengießen kommt. Und nicht nur dafür. Einen Knecht würde sie gebrauchen, der ihr beim Ausmisten des Stalls half und beim Schweinefüttern und beim Schlachten. Obwohl Beppo ihr alles schon oft gezeigt und sie sehr gut aufgepasst hatte, konnte sie es unmöglich allein schaffen, sich um das 30 Hektar große landwirtschaftliche Anwesen zu kümmern. Vielleicht würde sie die zehn Hektar Forstfläche verkaufen.

Dass Beppo Bachmair als Alleinerbe vor einigen Jahren einen zweiten verpachteten Bauernhof in der Ortschaft Holz und eine vermietete 150 Quadratmeter große Eigentumswohnung in Gmund sein Eigen nennen durfte, war dem Fernsehpublikum nicht bekannt. Auch nicht, dass er im Kleiderschrank seiner verstorbenen Tante einen Schuhkarton mit ihren Ersparnissen gefunden hatte, von denen niemand gewusst hatte: 250.000 Euro in großen Scheinen. Bauer Beppo war ein reicher Mann. Mit seinem Geld würde Maleen vielleicht ein thailändisches Restaurant eröffnen. Kein Fastfood mit Running Sushi, sondern Edelküche mit besten Meeresfrüchten. Schade, dass sie Beppo nie von ihren Kochkünsten begeistern konnte.

Heute hatte sie für die Schweine gekocht.

Maleen stellte die beiden blauen Müllsäcke ab, die sie getragen hatte, und öffnete die Tür zum Stall.

»Mahlßeit«, rief sie laut, um das Quieken der rosafarbenen Tiere zu übertönen. »Heute gibt Geschneßeltes.« Sie kippte den Inhalt der beiden Müllbeutel in die Futtertröge und rief den Schweinen »Gunattit!« zu. Dann verließ sie den Stall wieder und schloss das schwere Holzgatter. Sie ging an die Rückseite der Scheune zur Odelgrube und warf das blutige Brotmesser hinein. Noch eine Minute lang beobachtete sie das Blubbern der Schweinegülle. Hier würde niemand nach einer Mordwaffe suchen.

*

Tessa und Lena hatten sich verabredet, um ein Rezept aus dem ›Bauer-in-Love-Kochbuch‹ nachzumachen. Tessa hatte das Buch zur Sendung von ihren Freundinnen zum Geburtstag bekommen. Dabei schauten sie eine Dokumentation, die zeigte, was aus den Kandidaten der Kuppelshow geworden war.

Der rothaarige Milchbauer Arndt hatte sich für Amber entschieden, die ihn aber schon sechs Wochen später für einen Motorrad fahrenden Millionär verlassen hatte. Danach hatte Arndt Gaby wiedergetroffen und mit ihr einen zweiten Versuch gestartet, der jedoch scheiterte, weil Gaby sich unterdessen von ihrem Reitlehrer hatte schwängern lassen.

»Die besten Dramen schreibt das Leben«, sagte Lena.

»Was wollen wir trinken?«, fragte Tessa und griff nach einem Weingummi-Schnuller. Sie einigten sich auf ein gekühltes Radler.

»Ich bin gespannt«, sagte Lena, »welches Rezept du aus dem Kochbuch ausgesucht hast.«

»Lass dich überraschen!«

Jetzt lief ein Beitrag über den verschwundenen Beppo. Mehrere Wochen lang hatte die Polizei nach dem Bauern gesucht, ohne jedoch auch nur eine Spur zu finden. Irgendwann wurde die Suche eingestellt, da auch kein Hinweis auf ein Verbrechen vorlag. Die Ermittler vermuteten, dass ihm der öffentliche Rummel zu viel geworden war und er sich abgesetzt hatte. Vermutlich hatte der reiche Landwirt noch mehr Geldreserven, um sich ein sorgenfreies Leben in der Karibik oder sogar in Maleens Heimat unter der thailändischen Sonne zu ermöglichen.

Dann wurde ausführlich über Maleen berichtet, die kurze Zeit nach der Heirat mit ihrem Traumbauern allein zurückblieb und sich nun um den großen Hof kümmern musste.

»I bin so einsam«, sagte die schöne Asiatin traurig in die Kamera. »Hoffentlich finde ich wieder eine gute deutsche Mann.«

»Arme Maleen«, sagte Lena. »Da kommt sie erst nach Deutschland, um das große Glück zu finden. Und am Ende ist sie doch allein.«

»Stimmt. Sehr tragisch«, stimmte Tessa zu. »Und der reiche Bauer Beppo vergnügt sich irgendwo in der Weltgeschichte. Eine Gemeinheit ist das.«

»Ja, eine echte Sauerei! Das Essen ist fertig.«

»Jetzt bin ich gespannt«, sagte Lena. »Es duftet köstlich.«

»Es ist sicher köstlich«, sagte Tessa und tischte auf. »Ich habe das erste Rezept aus dem Buch gewählt: Kreuther Geschnetzeltes à la Bauer Beppo.« Und nach einer kurzen Pause fügte sie hinzu: »Und damit es besonders stilecht ist, habe ich Fleisch bei einem Tegernseer Biobauern gekauft.«

»Na denn: Gunattit«, sagte Tessa. Und beide lachten.

Felicitas Mayall

Die Huberbäuerin und der Teufel

Es war eine jener lauen Nächte über dem Tegernseer Tal, die der Föhn hervorzaubert, eine Sommernacht, obwohl es noch nicht Sommer war. Der warme Südwind schafft erstaunliche Dinge, schneidet Wolkenfelder ab, als hätte er ein Lineal benutzt, grenzt auf diese Weise Süden vom Norden, warm von kalt, Sternenhimmel von Nebelfeldern. Er macht manche Menschen krank, andere fröhlich, schafft die Illusion von Frühling mitten im Winter, rafft Schneeberge innerhalb von Stunden dahin und verschwindet plötzlich, wie ein ungestümer Kobold, dem die Lust am Spiel vergangen ist.

In einer dieser lauen Sommernächte, die in Wirklichkeit eine Aprilnacht war, saßen vier Männer am Stammtisch des Bräustüberls am Tegernsee. Es machte das Gerücht die Runde, dass die Huberbäuerin im Sterben lag. Man hatte ja schon lang darauf gewartet, immerhin war sie 87, lebte ganz allein auf dem großen Hof oberhalb vom Ort, auf dem besten und schönsten Grund der ganzen Gegend. Witwe war sie seit 20 Jahren, Kinder hatte sie keine und zu der weiteren Verwandtschaft schon lang den Kontakt abgebrochen.

»A oide Hex is', die Huberin!«, sagte ihr Nachbar, der Moarbauer, und nahm einen tiefen Schluck aus seinem Bierglas, wischte sich die weißen Schaumflöckchen vom Schnurrbart und zog eine Dose Schnupftabak aus seiner Joppe. Bedächtig häufelte er das schwarze Pulver auf seinen Handrücken, genau in die kleine Mulde am Ansatz von Daumen und Zeigefinger. Dann hielt er sich das linke Nasenloch zu und zog hörbar den Schmalzler in das rechte, weit hinauf – so weit, dass der Loisl, der Installateur, wegschauen musste, weil er sich vorstellte, wie das schwarze Pulver sich im Hirn des alten Bauern verteilte.

»Ja«, sagte der Moarbauer endlich, »da Herrgott steh ihr bei, der oid'n Hex.«

»Du muasst as ja wiss'n«, murmelte der Loisl und schaute noch immer weg.

»Der woaß g'wiss!«, mischte sich ein anderer ein. »Der wohnt ja scho seit fuffz'g Jahr neben der Huberin!«

Der Moarbauer nickte und zog Tabakpulver in sein linkes Nasenloch hinauf.

»Und warum is sie a Hex?«, fragte der Loisl.

»Des sogt ma hoit so. Weil's einfach ned so is wia die andern Leit. Sie hätt ja ihr Zeig längst verkauf'n kenna. Was wui'sn mit dem ganzen Grund und Boden. Millionärin hätt's werden können. Aber sie woit ja ned. Da schaut's aus auf dem Hof, des sag ich euch. Schlimm!«

»Du hast ihr doch auch ein Angebot g'macht, oder?«, meldete sich der Friseur.

»Jaja. Gedroht hat sie mir damals. Dass sie meine Viecher verhext, wenn ich es noch einmal versuchen tät!«

»Jaja, des hat sie jedem g'sagt, der ihren Hof kaufen wollt«, sagte die Kellnerin, die gerade frisches Bier brachte. »Dass sie ihn verhext! Da ham die Herren Investoren manchmal Schlange g'standen. Was die der Huberin für Angebote g'macht haben: Eigentumswohnung direkt am See, betreutes Wohnen vom Feinsten und eine Million dazu, aber sie wollt' von all dem nix wissen.«

»Woher weißt denn du des?«, fragte der Loisl.

»Mei, hier wird viel g'red und als Kellnerin hör ich halt manchmal zu. Außerdem kauf ich einmal in der Woch' für die Huberin ein. Da erzählt sie mir immer, was wieder so los war.«

»Ah so, hast ihr auch schon ein Angebot g'macht, ha?« Der Moarbauer schnäuzte sich laut.

»Na, des würd ich nie machen!« Rosl, die Kellnerin schüttelte heftig den Kopf. »Ich mag sie nämlich, die Huberin. Die hat's den geldgierigen Geiern gezeigt! Allen! Ihren Verwandten und den anderen auch!«

»Jaja … red du nur g'scheit daher!«, der Moarbauer faltete sein Taschentuch zusammen und der Loisl warf einen kurzen, angewiderten Blick auf die braunen Tabakspuren auf dem hellblauen Stoff. »Wenn du schon so viel weißt, Rosl, dann sag uns doch, ob's jetzt wirklich im Sterben liegt, die Huberin.«

Rosl, eine hübsche, kräftige, junge Frau, deren Brustansatz im Ausschnitt der weißen Dirndlbluse die Blicke der Männer anzog – vor allem, wenn sie sich weit vorbeugte, um einen weiteren Strich auf die Bierdeckel zu machen – Rosl richtete sich jetzt auf, stemmte eine Hand in die Hüfte und runzelte die Stirn. »Jeder geht, wenn's sei Zeit is!«

»Ja, so wos! Bist du heit aber g'scheit!«

»Is doch wahr! Es geht eich gar nix an, ob die Huberin stirbt oder ned!« Rosl warf den Kopf in den Nacken.

»Ach geh, Rosl!« Der Friseur streckte die Hand nach ihr aus, doch sie wich ihm geschickt aus. »Was hast denn auf einmal. Bist doch sonst ned so kompliziert!«

»Ich bin nicht kompliziert!« Rosl sprach auf einmal Schriftdeutsch, wohl um ihre Ernsthaftigkeit zu betonen. »Ich will nur, dass die Huberin ihre Ruhe hat und keiner schlecht über sie redet.«

»Mei, bist du ein guter Mensch!« Der Moarbauer trank einen großen Schluck Bier, wischte sich erneut den Schaum von seinem eigentlich weißen Schnurrbart, der allerdings unter der Nase vom Schnupftabak gelblich gefärbt war, atmete tief ein und fügte hinzu: »So a guter Mensch war die Huberin nie, sonst tät sie sich nicht so vor'm Deifi fürcht'n.«

»Die fürcht sich vor'm Deifi? I hab gedacht, die

fürcht' sich vor gar nix, ned amal vor dir!« Der Friseur lachte laut.

»Mein Gott, ihr Mannsbilder, ihr seid schlimmer wia die Weiberleut!« Rosl beugte sich vor und machte mit dem Kugelschreiber ihre Striche auf die Bierdeckel. Dabei streifte sie den Arm vom Loisl und dem blieb beim Anblick ihrer schneeweißen, glatten Brüste kurz die Luft weg.

»Aber es is wia i sag!« Der Moarbauer legte seine geballten Fäuste auf den Tisch. »Des mit dem Deifi hat ang'fangen wie der Huberbauer gestorben is.« Er schaute sich um, beugte sich zum Loisl und flüsterte plötzlich. »Mei Frau hat damals g'sagt, dass die Huberin den Tod von ihrem Mann ned verkraftet hat. Aber i hab g'sagt: Sie wird ihn doch ned um'bracht ham, die Hex!«

»Jetzt bist aber still! Schämen solltest dich, Moarbauer!« Rosl griff nach den leeren Biergläsern.

»Aber geh, Rosl! Die war'n doch nie glücklich miteinand. Dass die dauernd g'stritten ham, das hat doch jeder g'wusst! Is bloß zwanz'g Jahr her, deswegen weiß es koana mehr. An Geister hat die Huberin immer schon geglaubt. Alles mögliche hat sie ang'stellt, um die auszutreiben. Und viel hat sie g'wusst von den alten Bräuchen, die heut keiner mehr kennt. Dass ma an manchen Tagen was zum essen vor die Tür stellen muss wegen der Frau Percht und dass ma Mehl ausblasen muss, damit es wächst auf den Weiden. Das hat sie alles g'macht und in alten

Büchern nachg'lesen. In den Losnächten, wenn die Geister umgehen, da hat sie nie g'schlafen, die Huberin. Aber die Angst vorm Teufel, die hat sie erst nach dem Tod vom alten Huber gepackt.«

Rosl hatte sich zwar zum Gehen gewandt, trug das Tablett mit leeren Biergläsern vor sich, doch dann war sie stehen geblieben und hörte aufmerksam zu.

»Hat sie des g'sagt, dass sie Angst vorm Deifi hat? Oder woher weißt du des?«, fragte der Friseur, strich über sein perfekt geschnittenes, dichtes Haar und legte beide Hände um sein Bierglas. Er kannte die Huberin nicht persönlich, aber er liebte Geschichten aus dem Dorf. Es war einer der Gründe, warum er sich für seinen Beruf entschieden hatte. Jeder seiner Kunden erzählte Geschichten aus dem Leben und genau das war die interessante Seite des Friseurlebens. Vielleicht hätte er auch Pfarrer werden können oder Psychologe – mit dem Lernen hatte er es aber nicht so, deshalb war er Friseur und inzwischen sicher, dass er mehr Beichten hörte als der Pfarrer.

»Sie hat's ein paarmal meiner Frau erzählt … damals, als die Huberin noch mit uns geredet hat. Eh ich ihr den Hof abkaufen wollt. Und einmal an Fasching ham sich unsere Kinder als Deifln verkleidet und sind in der Nacht hinüber zur Huberin. Durch's Fenster ham sie g'schaut zu ihr und sie ist kasweiß worden, hat sich hing'setzt und nicht mehr g'rührt. Da sind unsere Kinder heimg'laufen und ham g'schrien: Die Huberin is tot! Sie is ganz weiß und rührt sich nimmer!«

»Ja, und dann?«, fragte der Loisl.

»Mei Frau und i san natürlich nüber zur Huberin und ham nachg'schaut. Sie hot tatsächlich auf am Stuhl g'sessen und war scheeweiß im G'sicht. Jaja…« Der alte Bauer trank wieder von seinem Bier, wischte mit dem Handrücken über Schnurrbart und Nase, nickte vor sich hin.

»Und dann?«, fragte der Friseur.

»Ihr seid's ned schlecht neugierig, ha?« Der Moarbauer genoss sichtlich die Aufmerksamkeit der anderen.

»Du machst es ja auch spannend!« Blitzschnell legte der Friseur seinen Arm um Rosls Hüfte und grinste zu ihr hinauf. »Gell, des find'st du a, Rosl!«

»Geh, lass mi los!«

»Jetzt hört's auf! Mi interessiert, wia's weitergeht mit der Huberin!« Mit der flachen Hand schlug Loisl auf den Tisch. Den Friseur konnt er eh nicht ausstehen, weil der mit jeder halbwegs hübschen Frau anbandelte. Er selber war ziemlich schüchtern und die Rosl gefiel ihm.

»Bleibt's friedlich!«, grinste der alte Bauer. »Die Huberin hat freilich noch g'lebt. Mei Frau is nei zu ihr und hat g'fragt, ob ihr was fehlt. Da is die Huberin wieder aufg'wacht und hat g'sagt, dass ihr der Deifi erschienen is und dass er immer wiederkummt und dass er sie irgendwann amoi holt. Des hat's g'sagt.«

Rosl löste den Arm des Friseurs von ihrer Hüfte und rückte mehr zum Loisl.

»Und dei Frau hat ned g'sagt, dass es Kinder war'n, die den Deifi g'macht haben?« Aufmerksam schaute Rosl in das Gesicht des alten Bauern.

»Na, des hat's ned g'sagt. War'n ja unsere Kinder. Womöglich hätt die Huberin doch noch unsere Viecher verhext und die Kinder dazu. Ma woaß ja nie …«

»Ja, ma woaß nie …«, stimmte der Friseur zu, dann saßen alle eine halbe Minute lang schweigend am Tisch, starrten mit gesenkten Köpfen in ihre Biergläser und hoben erst den Blick, als die Rosl zu lachen begann.

»So ein Schmarr'n!«, rief sie und streifte mit ihrem langen Rock den Rücken des Loisl, dass es dem heiß und kalt wurde.

»Halt!« Der Moarbauer hob seine Hand. »Du laufst jetzt ned weg, Rosl! Is' jetzt krank oder ned, die Huberin?«

»Aja, es geht ihr ned guat. Sie hat's am Herzen. Und bei dem Föhn zur Zeit, da spürt sie's besonders. Der Doktor war gestern bei ihr droben. Aber i glaub ned, dass sie bald stirbt. Die Huberin is zäh und i wünsch ihr a lang's Leben.«

»Zahlt's dich gut, wenn du für sie einkaufst?« Etwas Lauerndes lag im Gesicht des Moarbauern.

»Warum willst denn des wissen, ha?«

»Mei, es interessiert mi halt.«

»I mach's ned wegen dem Geld. I mach's, weil ma den Mitmenschen helfen soll. Der Doktor hat mich g'fragt, ob ich's machen tät und dann hab ich's g'macht!«

»Gibt's jetzt scho a Testament?« Der alte Bauer ließ nicht locker.

»Woher soi i denn des wissen? Moanst du, die Huberin zeigt mir ihr Testament? I hob no andere Gäst' als euch. I muaß jetzt arbeiten!« Damit wandte sich die Rosl endgültig um und lief zur Theke hinüber.

Der nachdenkliche Blick des Moarbauern folgte ihr und ein Seufzer vom Loisl. Dann bot der Alte dem Jungen einen Schmalzler an, doch der Loisl hob abwehrend beide Hände. »Du woaßt doch, dass i des Zeig ned mog!«

»Ihr Jungen wisst ned, was guat is!«, murrte der Bauer, steckte die Schnupftabakdose wieder in seine Jackentasche und seufzte ebenfalls. »Wenn die Huberin wirklich stirbt, dann möcht ich echt wissen, wer den Hof kriegt!«

»Brauchst ja bloß warten, dann wirst es schon erfahr'n!«, sagte der Friseur ziemlich unfreundlich, denn seit die Rosl seinen Arm weggedrückt hatte, war ihm die gute Laune vergangen. Seit Wochen versuchte er, bei der Kellnerin zu landen und war bisher keinen Millimeter weitergekommen. Wenn sie einen Freund hätte, dann müsste er es wissen. Immerhin stand er im Zentrum des Dorfklatsches. Aber sie schien keinen zu haben. Wieso stieß sie ihn also weg? So was war er nicht gewöhnt.

Als er den Blick des Moarbauern auffing, wechselte er schnell das Thema, redete von den verrückten Frisuren, die sich die jungen Leute machen ließen. Aber gleichzeitig wusste er, dass der alte Bauer längst seine Gedanken gelesen hatte. Die Männer am Stammtisch blieben nicht bis zur Sperrstunde. Auf seltsame Weise war ihnen der Gesprächsstoff ausgegangen und schweigend hatten sie das letzte Glas Bier geleert, sich hin und wieder räuspernd, der Moarbauer schnupfend und der Loisl seufzend. Dann waren sie gegangen, mit schweren Beinen und unzufriedenen Herzen.

Kurz nach zwölf hatte auch die Rosl ihren Dienst beendet, die Tische neu gedeckt, die letzten Gläser in die Spülmaschine geräumt und die kupferne Theke poliert. Als sie endlich draußen zum klaren Nachthimmel hinaufschaute, ehe sie in ihr kleines Auto stieg, stand die Idee, die den ganzen Abend in ihr gearbeitet hatte, mit einem Mal klar vor ihr. Der Gedanke an das jüngste Testament der Huberbäuerin ließ die Rosl erzittern, obwohl der Föhnwind ganz warm war. Ihr, der Rosl, wollte die Huberin den Hof vermachen. Es war nur so, dass die alte Frau ihr Testament jede Woche und manchmal jeden Tag änderte, ganz so, wie die Geister es ihr einflüsterten. Seit drei Tagen schon lautete es auf den Namen Rosl Mitterberg, und das war sie.

Langsam stieg Rosl in ihren Wagen und fuhr nach Hause. Doch in dieser Nacht ging sie nicht zu Bett, hantierte stattdessen mit allerlei Materialien, verwarf sie wieder, entwickelte ungeahnte Kreativität und war kurz vor Morgengrauen endlich zufrieden. Sorgfältig räumte sie alle Spuren ihrer nächtlichen Aktivität fort, bereitete einen kräftigen Kaffee, aß ein Honigbrot, griff dann nach ihrer alten Reisetasche und begab sich auf den Weg zum Hof der Huberbäuerin.

Es war der Tag, an dem sie jede Woche die Einkäufe für die alte Frau erledigte und sie machte es immer am Morgen, denn um elf begann ihre Arbeit im Bräustüberl. Feiner Morgendunst lag über dem Tegernsee und die Berge schienen zum Anfassen nah, ganz blau und irgendwie höher als gewöhnlich. Die Wiesen waren schon knallgrün und winzige Blättchen entfalteten sich in den Zweigen der Linden und Buchen. Rosl fuhr langsam die schmale Straße hinauf, die in weiten Serpentinen zum Hof der Huberbäuerin führte und von dort weiter zum Moarhof.

Sie versuchte sich einzureden, dass sie ganz ruhig war, völlig ruhig. Aber sie war's nicht. Ihre Hände schwitzten am Steuerrad und ihre Kehle war trocken. Als sie in den Feldweg einbog, der vor dem Hof endete, erschrak sie. Ein Wagen parkte vor der Haustür. Noch nie hatte um diese Uhrzeit ein Wagen vor dem Haus der Huberin gestanden. Rosl bremste, dachte kurz nach, fuhr dann weiter und stellte ihr Auto neben dem unbekannten Fahrzeug ab.

Ein paar Minuten lang blieb sie sitzen und wartete darauf, dass etwas passieren würde, dass jemand aus der Tür treten würde zum Beispiel. Aber es passierte nichts. Deshalb stieg sie endlich aus, ging langsam zur Haustür und drückte die Klinke. Die Tür war unverschlossen. Rosl trat ein, tastete sich im Dunkeln durch den langen Gang zur Schlafzimmertür der Huberbäuerin. Ein Lichtschein drang durch die Türritzen. Rosl nahm ihren Mut zusammen und klopfte.

Sie wusste nicht, was genau sie erwartet hatte, doch der Anblick der Krankenschwester in ihrer Tracht erleichterte sie ungeheuer.

»Mein Gott«, stammelte Rosl, »geht's ihr so schlecht, der Huberin?«

»Ja, es geht ihr schlecht«, erwiderte die Schwester. »Ich war die ganze Nacht bei ihr und ich denke, dass es nicht mehr lang dauern wird, bis diese Seele sich auf den Weg machen wird. Aber ich bin froh, dass Sie gekommen sind – der Doktor hat gemeint, dass Sie für eine Stunde aufpassen könnten bis meine Ablösung kommt …«

Rosl schluckte.

»Ja, ich weiß nicht … Was kann ich denn tun? Ich mein, wenn's ihr schlechter geht?« Rosl warf einen erschrockenen Blick auf die alte Huberin, die in ihren Kissen lag, schneeweiß im Gesicht und wie vertrocknet.

»Wenn's ihr schlechter geht, dann rufen Sie den Doktor an.« Die Nachtschwester packte ihre Sachen zusammen, machte noch ein Kreuzeszeichen Richtung Bett und ging. Rosl hörte das Anlassen des Motors und wie sich der Wagen entfernte. Sie war allein mit der Huberbäuerin.

Eine Kerze brannte auf dem Tischchen neben dem Bett. Sie flackerte, eines der Fenster stand offen. Rosl drückte es zu. Leise trat sie näher an das Bett heran. Die alte Frau atmete mit einem kaum merklichen Röcheln und schien zu schlafen.

Wenn es ihr so schlecht geht, dann kann sie das Testament nicht mehr geändert haben, dachte Rosl. Dann kann ich einfach warten, bis sie von allein stirbt.

Sie setzte sich auf den Stuhl neben dem Bett, auf dem zuvor die Schwester gewacht hatte. Der Mund der Huberin stand ein bisschen offen.

Und wenn's ihr wieder besser geht und sie ihr Testament ändert, dachte etwas in der Rosl, und sie versuchte es nicht zu denken. Aber das Etwas in ihr dachte weiter: Es ging ihr schon oft schlecht, der Huberin, und sie hat sich immer wieder aufgerappelt! Wenn sie sich aufrappelt, dann ändert sie es wieder, das Testament!

Zehn Minuten wartete Rosl, zwanzig. Die Huberin starb nicht. In einer halben Stunde würde die Ablösung kommen und dann war's vorbei. Rosl stand auf, ging zu ihrem Wagen hinaus und holte die Reisetasche. Vor dem großen Spiegel mit den blinden Flecken, der im Hausgang hing, verwandelte sie sich in ein gräuliches Wesen mit Hörnern auf dem Kopf, einem langen Schwanz, schwarzem Fell auf Bauch und Rücken.

»Du warst des, der mir eing'flüstert hat«, murmelte sie, während sie ihr Spiegelbild betrachtete, schreckte zusammen, meinte, ein Motorgeräusch zu hören.

Nein, nein, es war alles still. Nur der Flüsterer war noch da: Jetzt geh schon! Was ist denn dabei?

Rosl machte ein paar Schritte, blieb dann mit klopfendem Herzen vor der halb geöffneten Schlafzimmertür stehen und spähte hinein. Die Huberin lag noch genauso da wie zuvor, aber ihre Augen waren jetzt offen. Oder nur eins. Genau konnte Rosl das nicht erkennen.

Los!, sagte der Flüsterer ziemlich laut und sie hörte ein Pfeifen in ihrem rechten Ohr. Da sprang die Rosl ins Zimmer, stieg auf den Stuhl am Fußende des Bettes, machte drohende Gebärden und schrie: »Ich hol dich jetzt, Huberbäuerin! Dei Mo wart schon auf dich, drunten in der Höll!«

Die Huberbäuerin rührte sich nicht. Rosl stieg wieder vom Stuhl und näherte sich langsam der alten Frau. Mit aufgerissenen Augen lag die Huberin da, als hätte sie wahrhaftig den Teufel gesehen. Aber so hatte sie schon dagelegen seit Rosl durch die Tür geschaut hatte. Sie war gestorben, die Huberin, einfach so.

Wieder meinte Rosl ein Motorgeräusch zu hören, rannte in den Hausgang zurück, riss sich die Teufelsverkleidung vom Leib und stopfte sie in die Reisetasche zurück. Mit fliegenden Händen zog sie ihren

Pullover über den Kopf und brachte ihr Haar halbwegs in Ordnung und lauschte dann nach draußen. Alles war still. Ja, wurde sie denn verrückt?

Noch einmal kehrte sie ins Schlafzimmer zurück, schaute sich die alte Bäuerin genau an, hätte ihr gern die Lider über die Augen gedrückt, brachte es aber nicht fertig. Als ein Windstoß das Schlafzimmerfenster wieder aufstieß, das sie vorhin nur angelehnt hatte, zuckte sie heftig zusammen und plötzlich war sie ganz sicher, dass die alte Bäuerin wirklich den Teufel gesehen hatte. Er war da gewesen, hatte der Rosl eingeflüstert, die ganze Nacht hatte er ihr eingeflüstert, schon im Bräustüberl. Rosl bekreuzigte sich und betete für die Seele der Huberin und für ihre eigene. Dann rief sie den Doktor an.

Im Testament hatte die Huberbäuerin den Loisl als Alleinerben eingesetzt. Er hatte zwei Tage vor ihrem Tod die Heizung repariert.

Jörg Maurer

Tegernseer Breitmaul

Der Fischhändler zog ein unterarmdickes Exemplar aus dem Becken. Nur für Tierfreunde: Der Aal hatte lange und glücklich im Tegernsee gebadet und oft mit seinen Freunden in den Seerosenfeldern bei Ringsee Verstecken gespielt. Er hatte als Baby in der Sargassosee vor den Bahamas geplanscht, hatte sich später in den europäischen Küstengewässern zum rotzfrechen Glasaal-Teenie gewandelt, jetzt zappelte er im Kescher und zeigte ein letztes Mal seine geballte Kraft. Der Fischhändler betrachtete den glitschigen Neunpfünder nachdenklich.

»Wissen Sie, dass in der ursprünglichen Hamburger Aalsuppe gar kein Aal drin war?«

»Tatsächlich?«, fragte der Staatsanwalt zerstreut. »Und was dann?«

»Die *All-Supp* war ursprünglich ein Resteessen, bei dem *allens rinkümmt*, was sich gerade in der Küche befand. Daher der Name. Aal wurde später für Nicht-Hamburger in die Suppe gegeben, um sie nicht zu frustrieren.«

»In die berühmte Tegernseer Aalsuppe hingegen …«

»… kommt selbstverständlich das weltberühmte Tegernseer Breitmaul hinein. So eines wie dieses hier.«

Der Fischhändler tötete den Aal sachkundig. Wieder für die Tierfreunde: Er tat das gezielt, auf den Hinterkopf, plötzlich und ohne dass der Fisch den groben Holzschlegel vorher zu sehen bekommen hätte, der Aal war sofort im Aalhimmel und erschlaffte.

»Ich pack Ihnen noch ein paar Stückchen Eis mit hinein, Herr Doktor«, sagte der Fischhändler. Staatsanwalt Dr. Siedler ließ sich die halbe Plastiktüte mit Eis füllen. Der Weg von der Fischhandlung bis zu sich nach Hause war zwar nicht lang, aber er wollte noch einen kleinen Umweg nehmen und sich ein paar Gedanken über den Fall machen. Die Hauptverhandlung war nächste Woche, und sie drohte zu einem Fiasko zu werden, wenigstens aus staatsanwaltschaftlicher Sicht. Aber vielleicht fiel ihm ja noch etwas ein.

»Stimmt es eigentlich, dass die Viecher Aasfresser sind?«, fragte er den Fischhändler.

»Natürlich nicht. Sie rühren Aas nicht an. Sie sind gute Jäger. Vor allem unsere Tegernseer Breitmäuler. Sie ernähren sich nur von frischem Fisch.«

»Aber die Szene in der Blechtrommel von Günter Grass? Die mit dem Pferdekopf?«

»Ich habe das Buch gelesen, Herr Doktor. Ist aber totaler Unsinn. Hochliterarischer Unsinn sicherlich,

aber an einem gammeligen Pferdekopf schwimmt jeder Aal vorbei, das können Sie mir glauben.«
Der Staatsanwalt machte sich auf den Heimweg. Das Gemüse und das gepökelte Rindfleisch befanden sich in der anderen Tüte. Er hatte gegen diese Frau Dubois nichts in der Hand, aber auch rein gar nichts. Er war sich ganz sicher, dass sie ihren Mann getötet hatte, jeder Prozessbeobachter und jeder im Dorf wusste das. Die Frage war nur: wie. Der Mann war bettlägerig gewesen, er war darüber hinaus ein schwerreicher Bettlägeriger, das ist natürlich immer eine brisante Kombination. Die Frau war zur Tatzeit außer Haus, unten im Dorf gewesen, das konnten Zeugen bestätigen. Mehrere außerordentlich gut beleumundete Bürger konnten es hundertprozentig sicher bestätigen, und das war vielleicht sogar das Verdächtigste an dem Fall. Frau Dubois war insgesamt zwei Stunden unterwegs gewesen, und ihr Alibi war so lückenlos wie das Gebiss von Tom Cruise. Sie war beim Gemüsetandler gewesen, hatte dort ihre Schulden bezahlt, hatte einen Ratsch mit dem Bäcker gehalten, war dann zum Fischhändler gegangen, hatte schließlich eine Freundin getroffen, die sie dazu überreden konnte, sie nach Hause zu begleiten. Als Frau Dubois, eine geborene Lackermayer, zusammen mit ihrer Freundin heimgekommen war, lag der Mann im Bett, die Zunge hing ihm heraus, und er war seit einer Stunde tot. Der Polizeiarzt stellte Würgemale am Hals fest, tippte ganz unverbindlich auf Strangulation mit einem

Tuch. Niemand hatte jemanden beobachtet, der ins Haus gegangen war. Niemand hatte jemanden beobachtet, der aus dem Haus gekommen war. Staatsanwalt Siedler aber war sich ganz sicher, dass es die Frau selbst war, ein Gefühl kommt im Gerichtssaal allerdings nicht gut an.

»Verehrter Herr Vorsitzender, ich hab da so ein Gefühl ...«

»So, ein Gefühl haben Sie, das ist ja schön.«

Nächste Woche war die Hauptverhandlung, und vermutlich würde die Frau freikommen. Die Frau war dann Hausbesitzerin, Seegrundstücksbesitzerin, Jachtbesitzerin, Besitzerin eines neuen Freundes – selbstverständlich hatte auch der das fetteste Alibi, das man sich denken konnte. Der alte Dubois war mit einem Stück Stoff, vielleicht mit einer seiner Krawatten oder etwas Ähnlichem, erwürgt worden. Im ganzen Haus war jedoch kein Teil zu finden gewesen, das zu den Würgemalen am Hals des Toten gepasst hätte. Die Tatwaffe war nicht mehr im Haus, das war sicher.

»Wie hast du das gemacht, du gemeines Luder?«, murmelte Staatsanwalt Siedler, als er einen kleinen Uferweg entlangging. Zu Hause angekommen, nahm er den Aal aus dem Eis, wusch ihn, trocknete ihn sorgfältig ab und legte ihn auf einen Teller. Dann packte er das Gemüse aus und putzte es. Er überlegte. Alle Möglichkeiten waren im Fall Dubois schon durchdacht worden, auch die ganz und gar abseitigen. Poe'sche Schlingen, die von der Decke herabgelassen wurden und sich nach vollbrachter Tat wieder zurückzogen. Christie'sche Temperaturmanipulationen im Zimmer, die auf einen falschen Todeszeitpunkt hinführten. Wallace'sche Helfer, die durch unterirdische feuchte Gänge verschwanden. Alle Möglichkeiten waren nachgeprüft worden, mehrfach und ergebnislos. Der ermittelnde Polizeibeamte hatte den Fall schon längst aufgegeben.

Staatsanwalt Siedler streifte den Räucherschinken und das gepökelte Rindfleisch mit dem Messer in die gusseiserne Pfanne. Diese Zutaten gaben dem Gericht den unverwechselbaren Goût, das Gschmäckle, an Gschmooch, wie auch immer. Jetzt musste er den Aal nur noch in mundgerechte Stückchen schneiden. Er griff nach dem Teller.

»Was hast du! Was um Gottes willen ist los?«

Seine Frau kam die Treppe heruntergepoltert, stürzte in die Küche, sah ihn nur fassungslos an. Sein Schrei war aber auch wirklich markerschütternd gewesen. So war er schon lange nicht mehr erschrocken. Er hatte den Teller fallenlassen. Und zwei Sekunden nach dem Schreck wusste er, wie Frau Dubois, ehemalige Lackermayer und jetzige Villenbesitzerin, ihren Mann getötet hatte.

Natürlich ist über die Ausmaße der postmortalen Muskelkontraktion schon viel Unsinn erzählt worden. Die Legende übertreibt ja immer gern. Am bekanntesten ist die vom Seeräuber Klaus Störtebeker, der nach seiner Enthauptung noch stramm an einem Dutzend seiner Kameraden vorbeigeschritten sein soll. Aus der Zeit der Französischen Revolution sind Aussagen über Sprechversuche abgetrennter Köpfe überliefert. Nach einem Bericht des französischen Arztes Gabriel Beaurieux von 1905 hatte der Kopf eines guillotinierten Verbrechers sogar noch etwa 30 Sekunden auf Zurufe reagiert. Bereits aus dem Jahre 406 stammt die wenig glaubhafte Geschichte des Mainzer Märtyrers Alban, der nach seiner Enthauptung seinen Kopf selbst zur Begräbnisstätte getragen haben soll. Allerdings können Muskeln postmortal noch eine Zeit lang arbeiten, bei verschiedenen Tieren ist dies zu beobachten. Und der Staatsanwalt hatte das gerade hautnah verspürt. Er hatte nach dem Teller gegriffen, um das Tegernseer Breitmaul für die Suppe zu tranchieren. Dann war das Unerwartete geschehen: Etwas Glitschiges hatte sich um seine Hand geschlungen und sie fest gedrückt. Jetzt machte sich der Staatsanwalt ruckartig los, der Teller landete auf dem Boden, die Frau des Staatsanwalts schmunzelte.

»Aalsuppe, wie? Postmortale Muskelkontraktionen. Ich hab' mir's schon gedacht.«

Seine Frau war Ärztin. Deshalb ließ er sich das mit der ›contractio post mortem‹ genauer erklären. Die Aalsuppe musste warten.

»Nach dem Tod werden bestimmte Muskeln starr. Bei niedrigen Temperaturen bleibt dieser Zustand einige Zeit erhalten. Wird es wieder warm, ziehen sich die Muskeln ein letztes Mal zusammen.«

»So fest?«

»Fester, als ein lebender Aal es könnte.«

Er lief zurück zum Fischhändler. Der begrüßte ihn über ein halbes Dutzend wartender Aalkäufer hinweg.

»Sie geben's wohl nie auf, Herr Doktor! Ja, die Frau Dubois war an dem fraglichen Tag hier bei mir im Laden, insgesamt zehn Minuten – das habe ich Ihnen doch schon mehrmals gesagt.«

»Was hat sie gekauft?«

»Was sie gekauft hat? Na, was alle bei mir kaufen: Tegernseer Breitmaulaale. Ist das so wichtig?«

Der Staatsanwalt ließ die Spurensicherer nochmals alles abpinseln. Auch Spürhunde ließ man das Haus durchstöbern. Nichts. Man fand keinen Aal. Nicht das kleinste Fitzelchen von einem Aal. Wäre auch zu schön gewesen. Staatsanwalt Siedler seufzte. Er konnte keine Mordwaffe vorweisen. Er würde nächste Woche die Anklage zurückziehen müssen. Das erzählte er seiner Frau beim Essen. Die Tegernseer Aalsuppe war ihm diesmal nicht ganz so gut geraten, er war zu unkonzentriert gewesen. Frau Dr. Siedler sezierte den Aal mit dem Messer und erklärte ihm nochmals ganz genau das Wesen der postmortalen Muskelkontraktion. Das half ihm aber auch nicht weiter. Frau Dubois kam frei.

Das ist alles lange her, der Staatsanwalt ist schon lange tot, der Fischhändler von Gmund auch, ebenso meine Freundin, die ich ins Haus mitgeschleppt habe und die damals bezeugen konnte, dass ich nichts angerührt habe. Die Katzen leben auch nicht mehr bei mir, leider. Es waren drei RagaMuffin-Katzen, eine allein hätte den Aal nicht gepackt. Eleganter wäre es freilich gewesen, wenn ich einen lebenden Aal genommen hätte. Der wäre ganz von selbst weggekrochen, Richtung See, und er hätte sein Geheimnis mit auf die Bahamas genommen. Aber ein lebender Aal drückt eben nicht so fest zu. So haben die drei hungrigen Katzen die Tatwaffe gefressen und sämtliche Spuren sauber aufgeleckt. Allerdings konnte ich nicht riskieren, dass ein übereifriger Staatsanwalt deren Mageninhalt untersuchen lässt. Die Katzen musste ich verschwinden lassen, schade. Nur für Tierfreunde: Nix Holzschlegel, nix Katzenhimmel. Ich habe sie meiner Schwester geschenkt, sie wohnt weit genug weg. Das Rezept für die Tegernseer Aalsuppe kann man übrigens beim Peterhansel Matthias in Gmund erfahren. Wenn der überhaupt noch lebt.

Jörg Steinleitner

Mörderwinkel. Ein Fall für Anne Loop

»Wer hat alles einen Schlüssel zu Ihrem Haus?«, fragte Anne Loop die ältere Dame, die im Halbdunkel des Flurs kaum zu erkennen war.

»Mein Sohn und meine Zugehfrau. Aber mein Sohn ist in Norwegen und meine Zugehfrau habe ich schon gefragt«, erwiderte die Dame, hob die Dahlie aus der Vase, führte das schlanke, hohe Gefäß zum Mund, nahm zwei hastige Schlucke, um es dann wieder auf das Nachtkästchen zu stellen und die Blume hineinzustecken. »Ich soll viel trinken, hat mein Arzt gesagt«, meinte sie beiläufig. »Haben Sie auch Durst?«

Die junge Polizeihauptmeisterin, der kurz die Gesichtszüge entgleist waren, schüttelte den Kopf. »Und es fehlt wirklich nichts? Kein Geld? Kein Schmuck?«

»Das habe ich doch schon Ihrem Kollegen gesagt«, entgegnete die weißhaarige Dame nun vorwurfsvoll. »Lernt man das heute nicht mehr in der Polizeischule, dass man zuhören muss, wenn man mit jemandem redet? Aber Sie sind ja nicht von hier …« Der Satz verlor sich im Dämmerlicht des teppichbedeckten Flurs.

Statt zu antworten, schob sich Anne vorsichtig an der Dame, die eben noch aus einer Vase Blumenwasser getrunken hatte, vorbei und ging in Richtung Wohnzimmer.

»Schuhe ausziehen!«, kommandierte die Alte ihr hinterher, aber Anne reagierte nicht. Im Wohnzimmer stand Sepp Kastner, schlank, blond, die helle Haut vom Tegernseer Sommer etwas gerötet, und fixierte den Esstisch. Anne stellte sich schweigend zu ihrem Kollegen, der ihr in den Monaten seit ihrem Umzug von München aufs Land immer vertrauter geworden war. Auch sie betrachtete das Frühstücksensemble: Man musste kein begnadeter Ermittler sein, um zu erkennen, dass hier jemand mit Appetit gefrühstückt und dabei keine allzu große Unordnung hinterlassen hatte. Der Brotkorb war leer, neben dem Frühstücksteller lag ein Stück Butter, nach Gebrauch wieder sorgfältig eingepackt; ferner standen auf dem mit einem altmodischen Häkeldeckchen bedeckten, dunkelhölzern glänzenden Möbel eine Zuckerdose aus Porzellan, ein Glas mit offensichtlich selbst eingekochter Erdbeermarmelade – jenes ordentlich verschraubt – und eine große Tasse, aus der jemand Kakao getrunken hatte.

Die alte Dame, deren geblümtes, dem psychedelisch anmutenden Stil nach zu urteilen, in den 1970er-Jahren entstandenes Kleid man nun im Licht des Tages besser erkennen konnte, war in ihren schwarzen Lackschühchen hinter Anne hergetappt. Anne hatte damit gerechnet, nochmals zum Ausziehen der Schuhe aufgefordert zu werden, aber die Alte schien das vergessen zu haben. Anne ging zum Fenster und blickte zum See hinaus. Es war ein Dienstag um die Mittagszeit, gerade schob sich die MS Rottach-Egern, eines der beiden schlanken Tegernsee-Motorboote, ins Sichtfeld. Einige Passagiere winkten in Annes Richtung, sturzfliegende Möwen hofften auf Brotstückchen.

Als Anne zurück zum Tisch blickte, sah sie gerade noch, wie die Frau im LSD-Kleid mit ihren kleinen alten Fingerchen behände in die Zuckerdose griff, sich ein Zuckerstückchen herauspickte und in den Mund steckte. Dann zerbiss die Dame, die bereits bei der Begrüßung erläutert hatte, »schon bald hundert Jahre alt zu sein«, das Zuckerstück mit ihren Hasenzähnchen so krachend, dass Anne kurz überlegte, wo es hier im Malerwinkel einen Zahnarzt gab. Doch das Gebiss der alten Frau, die einen im Großen und Ganzen gepflegten Eindruck machte, hielt der Belastung stand.

»An der Terrassentür ist auch nichts kaputt«, meinte Sepp Kastner nachdenklich und sah seine langhaarige Kollegin an, die im Tegernseer Tal längst den Ruf einer ›Angelina Jolie vom Tegernsee‹ weghatte. Kastner fand Anne nach wie vor so attraktiv wie an diesem Frühlingstag, an dem sie ihren Dienst bei ihm und Inspektionsleiter Kurt Nonnenmacher bei der Polizei Bad Wiessee angetreten hatte. Aber Kastner hatte seine Taktik geändert. Vor allem die enge Zusammenarbeit in der Fichtner-Sache – immerhin ein Kriminalfall, den ein Milliardär und ein Bauer nicht überlebt hatten – hatte dazu geführt, dass Anne ihn jetzt lieber mochte. Jedenfalls glaubte Kastner das. Klar war da noch immer Annes sogenannter ›Lebensgefährte‹, dieser schwächliche Student oder Doktorand oder was … aber der hatte ja wohl nicht alle Tassen im Schrank, oder warum sonst war der immer im Krankenhaus? »Hypochondrie«, hatte Anne gesagt und Kastner hatte gleich an ›Irrenhaus‹ gedacht. Aus seiner Sicht konnte man sich da nur wundern, warum sich die Anne nicht einen gesunden Tegernseer gönnte, einen wie ihn – »also jetzt mal nur als Beispiel.« Um Annes Tochter würde er sich im Falle des Falles einer Heirat natürlich kümmern, das war Ehrensache, wenngleich die sechsjährige Lisa eine harte Nuss war, widerborstig, schlau – und Bücher für Erwachsene las das Luder anscheinend auch bereits. Aber was soll's, dachte Sepp, so nah war er noch nie an eine eindeutige Modelschönheit herangekommen. Sogar beim Baden war man schon zusammen gewesen. Das Eis hatte er bezahlt. Man musste etwas investieren, wenn man bei so einer Rakete landen wollte.

»Was denkst du, Sepp?«, riss Anne ihn aus seinen Gedanken.

Kastner brauchte kurz, um das Anne-im-Bikini-Bild vom Tegernseer Strandbad aus seiner Phantasie zu vertreiben, und antwortete dann trocken: »Dass die Frau Geiersberger selber hier gefrühstückt hat.«

Doch der 36-jährige Streifenpolizist bereute seine Offenheit sofort, denn die Unternehmerwitwe Therese Geiersberger, die sonst eher adelig tat, explodierte jetzt auf recht bäuerliche Art und beschimpfte Kastner als »frechen Hund« und »faulen Bazi«, es sei eine Zumutung, wie einen die Polizei hier nach einem astreinen Einbruch mit Diebstahl von wertvollem Essen – »allein die Lätta kostet 99 Zent« (sie sprach das C wie ein Z) – im Stich lasse, wer weiß, vielleicht werde der Verbrecher noch einmal wiederkommen, und vielleicht habe sie dann nicht das Glück, gerade zufällig beim Kurarzt Dr. Döslinger zu sein. »Und was soll ich dann machen, wenn der Mörder mir plötzlich gegenübersteht? Was soll ich dann machen?« Diesen schrillend geschrienen Sätzen folgte ein gellender Rauswurf, in dem die beiden Polizeibeamten unter anderem als »sozialistisch verrottete Gendarmen-Bagage« bezeichnet wurden, »für die es nicht einmal beim Iwan im Ostblock« eine Verwendung gäbe.

Nachdem die Tür zugeknallt war, schüttelte Sepp Kastner nur den Kopf und hielt Anne den Schlüsselbund für den Dienstwagen hin wie einen nassen Lappen. Erst als sie das Seehotel Luitpold passiert hatten, fand Sepp Kastner die Sprache wieder: »Die ist doch verrückt, die Alte, oder?«

Anne zuckte mit den Schultern.

»Die dreht doch einen Film!«

»Der Margarinen-Mörder Teil 5«, meinte Anne achselzuckend.

»So ein spinniges Weib! Hast du gesehen, wie die den Zucker gefressen hat? Die hat das doch hundertprozentig alles selber gefrühstückt – und es dann vergessen. Ballaballa ist die, wenn du mich fragst.«

Anne schwieg, es entstand eine kleine Pause, die Sepp verunsicherte: »Ja warum red'st 'n jetzt nix mehr? Meinst du, da ist wirklich jemand eingebrochen?«

»Ich weiß es nicht«, antwortete Anne nachdenklich.

»Es gibt doch überhaupts keine einzige Spur, die wo auf einen Einbruch hinweisen tät!«

»Ja, aber wenn die Frau Geiersberger es so sagt? Warum sollte sie das erfinden?«

»Nix erfinden«, tönte Kastner wütend, »Demenz! Die Alte ist nicht mehr ganz dicht. Wir müssen da mal die Sozialstation hinschicken. Das nächste Mal zündet die das Haus an!«

Zurück in der Dienststelle verbrachte Anne den Rest des Nachmittags damit, ein Protokoll über den Einsatz bei Frau Geiersberger anzufertigen. Außerdem nahm sie einen Surfbrett-Diebstahl und eine Sachbeschädigung an einem PKW, blau, Golf, Baujahr 2001, Aufschrift ›Abi 1986‹ auf.

Auch wegen dieser ›anspruchsvollen‹ Nachmittagsbeschäftigungen dachte sie am nächsten Morgen bei ihrer Radlfahrt vom Kindergarten in die Dienststelle über ihre Chancen nach, doch noch zur Kripo zu wechseln. Um die Beschädigungen kaputter Seitenspiegel zu protokollieren, war sie nicht Polizistin geworden. Sie wollte das Böse bekämpfen, das Böse in seinen extremsten Ausformungen. Aber immer wieder endete ihr Nachdenken bei der Überlegung, dass ihre Tochter darunter leiden würde, wenn sie, die Mutter, jetzt mit über 30, noch ein Studium anfangen würde. Sie hatte ja schon heute so wenig Zeit für Lisa. Und der einzige Weg zur Kripo, der ohne Studium funktionierte, war nun mal höchst unsicher: Da musste man sich beweisen, durch exzellente Leistungen in schwierigen Fällen. Aber hier am Tegernsee gab es ja gar keine schwierigen Fälle. Der tote Milliardär im mit Milch gefüllten Swimmingpool war eine absolute Ausnahme gewesen.

Anne Loop hatte noch nicht ihr Fahrrad abgestellt, da kam ihr bereits der Vorgesetzte Kurt Nonnenmacher aus dem Gebäude der Dienststelle entgegengerannt: »Mir müssen sofort nach Egern, Aribostraße! Junge Frau meldet Einbrecher in Wohnung, der ist noch da! Sie hat sich im Bad eingesperrt.«

Anne schubste ihr Fahrrad an die Mauer und sprang zu Nonnenmacher in den Dienstwagen. Doch weil es in Bad Wiessee wegen des starken Verkehrs nicht recht vorangehen wollte, schaltete der Polizeichef Blaulicht und Sirene ein.

In das Aufheulen des Signalhorns stellte Anne trocken fest: »Herr Nonnenmacher, ich habe keine Waffe dabei.«

Anne traf ein genervter Seitenblick. »Scheiße«, fluchte der bärtige Dienststellenleiter und zog kurz in Erwägung, zurückzufahren. »Nein, wir können jetzt nicht warten«, sagte er dann. »Wer weiß, was das für ein Idiot ist. Ich denk gerade an diesen Karikaturenmaler, der vor Kurzem überfallen worden ist, den Dänen, weißt schon, der war auch im Bad, als es passierte.«

»Aber das war ein Panikraum«, meinte Anne leise. »Hat die Frau gesagt, ob der Täter bewaffnet ist?«

»Nein«, bellte Nonnenmacher unwirsch. »Was machen wir jetzt mit dir – ohne Waffe?« Nonnenmacher ließ die Reifen quietschen. »Das gibt's doch nicht, dass man sich nicht einmal mehr am Tegernsee in seiner eigenen Wohnung sicher fühlen kann, Sacklzement!«, regte sich Nonnenmacher auf, es klang verzweifelt. »Überall diese Scheißterroristen!«

Anne öffnete das Handschuhfach und kramte darin herum.

»Musst dich jetzt noch schminken oder was?«, fragte Nonnenmacher böse.

Anstatt zu antworten, zog Anne eine Dose Tränengas hervor: »Habe ich mal hier deponiert. Die Wirkung ist eindrucksvoll.«

»Eindrucksvoll«, murmelte Nonnenmacher und zeigte, nach einem Beinahezusammenstoß mit einem Traktor mit Heuwagen, dessen Fahrer mit der rechten Hand den Scheibenwischer. Nachdem er noch um ein Haar eine schwarze Katze überfahren hätte, hielt Nonnenmacher den Einsatzwagen bei einem Haus mit verschnörkelten weißen Gittern vor den Fenstern und einer prachtvollen Blumenbemalung der gesamten Fassade an. Rechts und links der Tür hatte der Lüftlmaler schlanke blaue Säulen hingepinselt, um die sich Pflanzen rankten.

Die beiden Polizisten sprangen aus dem Auto und versuchten die Tür zu öffnen, über der eine gemalte goldene Krone glänzte, doch sie war verschlossen. Auf dem Klingelschild stand: ›Elli Schneeberger, Illustratorin‹. Beide sahen sich an.

»Illustratorin ... Und was machen wir jetzt?«, wollte Nonnenmacher wissen.

»Klingeln«, antwortete Anne. Es klang ein bisschen kess.

»Und Sie meinen, der Herr Einbrecher macht dann auf und uns einen Heiratsantrag?«

»Ja was sollen wir denn sonst tun?«, fragte Anne statt einer Antwort.

»Ja so ein Stiefel! Solche Einsätze haben mir überhaupts nie, Zefix, was machen wir jetzt?«

Auf einem Baum im Vorgarten zwitscherte ein Vogel. Zwei Girlies mit Fußkettchen, Miniröcken und rosafarbenen Bikinioberteilen kicherten auf der

Straße vor dem Haus. Ihre Flip-Flops flippten und floppten unschuldig weiter.

»Also klingeln!«, befahl Nonnenmacher und schaute zum Himmel, wo bedrohlich eine Möwe kreiste, die scheinbar mehr wollte als nur Brot.

Anne klingelte, die beiden warteten, doch nichts passierte, außer dass Nonnenmachers empfindlicher Magen grummelte. In so einer Drucksituation half auch die Brigitte-Diät, die ihm seine Frau verordnet hatte, nichts mehr.

»Dann müssen mir die Tür aufbrechen«, sagte der Dienstellenchef jetzt, doch seine Stimme klang nicht sehr entschlossen.

»Entschuldigen Sie«, erklang da eine Girliestimme von der Straße her. »Was machen Sie da?« Zwei Kicherstimmen kicherten.

»Gefährlicher Einsatz, bitte Abstand halten«, rief Nonnenmacher mit gockelhafter, halblauter Empörung in Richtung der Teeniemädchen und erntete erneutes Kichern. Immerhin flippte und floppte jetzt nichts mehr.

Anne wollte eben vorschlagen, einmal ums Haus herumzugehen, da summte der Türöffner. Sie drückte die Tür auf. Es machte ein klackendes Geräusch. Dann konnte Anne den groben, braunen Teppich sehen, der die Stufen des Treppenhauses bedeckte. Vorsichtig drückte sie die Tür noch mehr auf und schob ihren Kopf so weit vor, dass sie die Treppe hinauf sehen konnte. Oben rührte sich nichts. Anne öffnete die

Tür komplett und trat ein. Nonnenmacher folgte ihr mit der Pistole im Anschlag. Vorsichtig, Schritt für Schritt schlichen beide hintereinander die Stufen nach oben. Anne hielt die Tränengasdose vor sich, als wäre es ihre Dienstpistole. Nonnenmacher schwitzte vor Stress, was ihn nicht daran hinderte – ein Tegernseer Mann war kein Knödelteig –, Annes wohlgeformten Po zu registrieren, von dem ihm Kollege Sepp, der Depp, dauernd vorschwärmte. Sekunden später stand das Duo vor einer verschlossenen Wohnungstür. Anne horchte, wartete, versuchte zu erkennen, ob jemand durch den Spion schaute, aber da war nichts zu sehen. Ohne Nonnenmacher zu fragen, betätigte sie den Klingelknopf neben dem Schalter fürs Treppenhauslicht. Draußen schrie wieder diese Möwe. Durch die Milchglasscheibe sah Nonnenmacher die Girlies, die jetzt direkt vor dem Haus standen und Blicke ins Innere zu erhaschen versuchten. Wie konnte man nur dauernd so blöd kichern? Nonnenmacher malte sich die Folgen einer möglichen Schießerei aus. Wie saudumm waren diese Pubertistinnen eigentlich? Hier war Todeszone, Kabul am Tegernsee. Kurz rauschten entscheidende Szenen seines Lebens vor Nonnenmachers innerem Auge vorbei: Kommunion, Fensterln (aus Versehen vor dem Schlafgemach der Urgroßmutter seiner Frau – ein Desaster), trotzdem Liebesheirat, die Geburt der Kinder, seine Beförderung zum Dienststellenleiter und schließlich sein Rausch beim Skiclub Waldfest am Lori Feichta in Rottach-Egern, von wo aus er versucht hatte, im Morgengrauen auf allen vieren nach Hause zu kriechen. Leider Gottes war er dabei von einem der Bürgermeister des Tals gestellt worden. Immerhin war der in Begleitung der nicht sehr ansehnlichen, dafür aber auch nicht mehr vollständig bekleideten Gattin eines russischen Millionärs gewesen, weshalb die Peinlichkeit sich die Waage hielt und man sich nach kurzem gegenseitigem Bestaunen kommentarlos getrennt hatte – Nonnenmacher mangels Gleichgewicht weiter auf allen vieren.

Aus der Wohnung war noch immer nichts zu hören. Anne drückte nochmals auf die Klingel, obwohl sie wenig Hoffnung hatte, dass ihnen geöffnet würde. Doch da ging die Tür plötzlich auf, langsam, ganz langsam. Sofort warfen sich beide Polizisten gegen die Wand und richteten ihre ungleichen Waffen auf die Türöffnung. In der erschien ein fast zwei Meter großer Mann – in Frauenkleidern.

»Was kann isch für Sie tun?«, fragte er mit singender Stimme und leicht hessischem Einschlag.

»Was machen Sie hier?«, fragte Anne und sah den Mann, der kaum Haare auf dem Kopf hatte, verdattert an.

»Isch bin grade am frühstücke, kommen se doch rein«, er machte eine einladende Handbewegung. Anne sah, dass er unter seinem Rock eine blaue, ausgewaschene Jeans und Winterstiefel trug.

»Sind Sie bewaffnet?«, fragte Nonnenmacher von hinten.

Der Mann lächelte die beiden Polizisten freundlich an.

»Haben Sie eine Axt oder irgend so was?«, hakte der Polizeichef von Bad Wiessee nach, eine Schweißperle tropfte von seiner Nase am Bart vorbei auf den Boden.

Der Mann schüttelte den Kopf, drehte sich um und sagte im Weggehen: »Wollet Sie edwa Holz hagge? Jetzt kommense halt erst einmal rein, isch bin grade am frühstücke.«

Mit äußerster Wachsamkeit verfolgten die Polizisten den Mann ins Wohnzimmer. Als sie dort ankamen, saß dieser schon wieder am Tisch und verzehrte mithilfe seiner riesigen Pranken ein Marmeladebrot.

»Wohnen Sie hier?«, wollte Anne wissen.

»Aber ja«, erwiderte der Mann gütig. »Was soll denn die Frage?«

»Aber an der Tür steht ›Elli Schneeberger‹«, sagte Anne so zögerlich, dass Nonnenmacher einfallen konnte: »Sind Sie die – ähm – Frau Schneeberger? Ich meine, Sie sind doch eher ein …«

»Isch kenn keine Frau Schneeberger«, antwortete der überdimensionierte Kerl in den aus allen Nähten platzenden Frauenkleidern und nahm einen letzten Schluck aus seiner Kakaotasse. »Isch bin der Erwin.«

»Und wo ist die Frau Schneeberger?«, fragte Anne behutsam.

»Was wollet Sie eischentlisch?«, stellte der Mann eine Gegenfrage.

»Mir suchen die Frau Schneeberger«, antwortete Nonnenmacher ruppig.

»Ja hier gibt's nischts zu finde«, meinte Erwin mit freundlichem Desinteresse.

»Darf ich mich mal umsehen?«, erkundigte sich Anne in einem Tonfall, als spräche sie mit einem Kind.

»Bitte sehr«, sagte der Riese, »mein Hohm isch mein Kassler.«

Anne nickte Nonnenmacher kurz zu und verließ den Raum. Draußen fand sie eine Tür, an der ein Schild mit der Aufschrift ›Bad‹ angebracht war. Anne versuchte, die Tür zu öffnen. Sie war abgesperrt.

»Frau Schneeberger«, fragte Anne leise und klopfte sanft. »Mein Name ist Anne Loop, ich bin Polizistin. Sind Sie da drin?«

»Sind Sie wirklich eine Polizistin?«, fragte es nach einer kurzen Atempause von drinnen.

»Ich schiebe Ihnen meinen Ausweis unter der Tür durch.« Kurz nachdem sie den Dienstausweis durchgeschoben hatte, öffnete sich die Tür und Anne erblickte eine blasse, dunkelhaarige, etwa 30-jährige Frau.

»Ist er noch da?«, fragte die Illustratorin.

»Ja, aber ich glaube nicht, dass Sie Angst haben müssen, er wirkt harmlos«, versuchte Anne zu beruhigen.

»Er war auf einmal da!«, sagte Schneeberger, aus ihrer Stimme klang Todesangst. »Wie ist er hier reingekommen?«

»Kommen Sie«, Anne nahm die völlig verängstigte Elli Schneeberger am Arm und zog sie mit sanftem Druck mit sich. Als die kleine Frau mit den kurzen Haaren den Mann an ihrem Esstisch sitzen sah, flippte sie aus: »Sie sind wohl völlig verrückt geworden! Sie haben ja meine Kleider an! Sie haben mein Essen gegessen! Haben Sie nicht alle Tassen im Schrank?«

Der Mann in den Frauenkleidern wirkte nun plötzlich sehr verunsichert, nervös stand er auf und murmelte: »Isch bin doch nur der Erwin … Nischt alle Tassen im Schrank, Ihre Kleider, Ihr Essen …« Fieberhaft begann er in den Schubladen der an der Wand stehenden rot lackierten Aluminium-Kommode zu suchen. Dann, plötzlich, fand er eine Dose, schüttelte sie liebevoll in seinen Pranken, öffnete sie, entnahm ihr einige Münzen, legte diese vorsichtig auf den Tisch und sagte: »Hier, für Ihre Unannehmlischkeiten, gnä's Frollein, das muss ein Missverständnis sein … 's tut mir leid … isch bin escht sorry.« Dann begab er sich mit großen, schon wieder etwas Selbstsicherheit ausstrahlenden Schritten zur Terrassentür, schob sie sanft auf und verschwand mit wehendem Rock im Garten.

Minuten später saß der Riese bei Anne und Sepp Kastner im Streifenwagen, Anne hatte ihm ein Eis am Stiel versprochen. Gerold Habuzig lächelte beseelt.

In der Münchner Psychiatrie war man außerordentlich erleichtert, von der Festnahme zu hören, Habuzig war seit 96 Stunden ohne Medikamente. Als die Sache über die Zeitung publik wurde, meldeten sich zwei weitere Tegernseer Frauen, die in den vergangenen Tagen, nachdem sie von Besorgungen zurückgekehrt waren, an ihren Esstischen Frühstücksreste vorgefunden hatten. Der Frauenmörder Gerold Habuzig war stets durch die unverriegelte Terrassentür in die Wohnungen seiner Opfer gelangt.

Sabine Thomas
Die Zockerin

Es ist mitten im Winter
im tiefen Schnee.
Es ist späte Nacht
im Casino an der See …

Sie hielt kurz inne. Hieß es »am See« oder »an der See«? Egal. Dieses Lied ließ sie nicht mehr los, seit sie es vorhin im Autoradio gehört hatte, es drehte sich in ihrem Kopf, immer und immer wieder, wie die Roulettekugel, auf die sie einmal im Monat, manchmal auch zwei-, dreimal, oder noch öfter, fiebernd all ihre Hoffnungen und ihr letztes Geld setzte.

Mit jedem gefahrenen Kilometer während der nächtlichen Autofahrt auf der A 8 München–Salzburg von Sendling zum Spielcasino nach Bad Wiessee wuchs ihre Hoffnung ebenso wie ihre Verzweiflung.

»Das war *Der Spieler* von Achim Reichel aus dem Album *Blues in Blond*«, hatte der Moderator von *Radio Alpenwelle* nach dem letzten Ton des Liedes gesagt, bevor die Geisterfahrermeldung dazwischenknallte und sie vor der Ausfahrt Holzkirchen/Bad Wiessee den Blinker setzte.

Sie kannte den Song noch von früher, aus den Achtziger Jahren. Lange nicht mehr gehört. Warum lief dieses Lied ausgerechnet jetzt im Radio? War das ein Omen, ein Wink des Schicksals?

Komm rüber, Spieler
Spieler komm rüber …

Sie fröstelte und wickelte den schwarzen Schal um ihre schmalen Schultern, während die hohen Absätze ihrer gefakten Louboutins mit den signalroten Sohlen hart auf den kalten grauen Beton der Casino-Parkgarage knallten. Mit jedem Schritt fror sie mehr an ihren nackten schlanken Fesseln, die mehr Wert waren als das, was sie am Leib trug. Sie besaß nicht mehr viel nach ihrer Pleite. Alles hatte sie verloren: Ihre gesamten Ersparnisse, ihr kleines Nagelstudio und ihren Liebhaber, der sie nur ausgenommen und in diese verdammte Geldanlage reingeritten hatte und dann genauso spurlos verschwunden war wie der Wert der einst so hoch gehandelten Aktien, in die sie ihr ganzes Erspartes und noch mehr investiert hatte. Alles war weg, ihr Glaube an Werte, an den Anstand der Banken und Finanzhaie, an die große Liebe, an die Menschen, an geflüsterte

Versprechungen und die Tinte unter den Verträgen, die nicht einmal mehr das Papier Wert waren. Ihre schönen schlanken Beine konnte der Gerichtsvollzieher nicht pfänden, auch wenn seine Blicke länger abschätzend auf ihnen geruht hatten als auf ihrem Flachbildschirm-Fernseher, den er nach dem letzten Besuch mitgenommen hatte. Ihre Beine, die sie auf hohen, dünnen Absätzen ins Casino trugen, waren vielleicht ihr einziges Kapital.

Sie presste die schmale Clutch Bag eng an sich, in der sich nur ihr Ausweis, ein paar Geldscheine und ein dunkelroter Lippenstift befanden, *Rouge Noir* von *Chanel*. Rot oder Schwarz, das war heute Nacht die große, die alles entscheidende Frage …

Direkt vor dem Casino parkte provozierend ein goldener Rolls Royce mit arabischem Kennzeichen, genau vor dem Halteverbotsschild. Niemand würde es wagen, ihn abzuschleppen oder ihm einen Strafzettel an die Panzerglas-Windschutzscheibe zu heften. Sie fragte sich, wozu ein Ölscheich ins Casino ging. Was wollte er hier? War es Langeweile, wenn er spätnachts in der luxuriösen *Royal Suite* im Hotel *Überfahrt* in Rottach saß, auf den See hinausblickte und überlegte, wie er dem angebrochenen Abend noch einen Kick verpassen könnte? Was fühlte ein Milliardär, der noch nie in seinem Leben einen einzigen Gedanken an Geld verschwenden musste, wenn er die goldschimmernden Zehntausender-Jetons lässig über die Roulette-Tische verteilte? War es die grausame Freude am Quälen der armen Spieler, der verlorenen Seelen, die sich an der Rezeption der Spielbank ein Sakko ausleihen mussten, weil sie nichts mehr besaßen außer ihrem unbändigen Willen, endlich den Jackpot zu knacken oder einmal, nur EIN EINZIGES Mal, auf die richtige Zahl zu setzen? Irgendwann musste sie doch kommen, jede Zahl kam dran, früher oder später, irgendwann fällt jede, sie wussten es, hatten die verdammte kleine Silberkugel seit Jahren beobachtet und sich akribisch Notizen gemacht in ihren kleinen, zerfledderten Moleskine-Notizbüchern, die vollgekritzelt waren mit geheimnisvollen Formeln und Zeichen …

Er hat alle Zahlen durch
und auf allen verloren.
Er weiß: wenn er jetzt verliert
ist er selbst verloren …

Sie wechselte an der Kasse ihr letztes Geld in bunte Plastik-Jetons und setzte sich an die Bar. Es dauerte nicht lange, bis einer der Spieler sie auf einen Drink einlud. Sie bestellte einen Gin Fizz und bezahlte mit einem kühlen Lächeln und dem kurzen Moment, den er seine Hand auf ihren Oberschenkel legen durfte, einen winzigen Tick zu weit oben.

Und als er die Hand ausstreckt
um den Riesen zu setzen
hört er die Spieler im Meer
den Wind hört er hetzen …

Ihr Blick glitt aus dem Panoramafenster hinunter zum schwarz glitzernden See, in dem sich der Vollmond spiegelte, während der Spieler ihr erzählte, was er macht oder was er gemacht hat oder was er machen würde, wenn er könnte. Nirgends wird so viel gelogen wie in einem Spielcasino, und am meisten belügt und betrügt der Spieler sich selbst. Wie viele Träume, Hoffnungen und Vermögen wurden hier schon vor der grandiosen Kulisse des mondänen Tegernsees versenkt …

Und der letzte Spieler
an Tisch 1 im Großen Saal
setzt den letzten Riesen
und weiß nicht
auf welche Zahl …

Sie erhob sich, streifte das viel zu kurze Kleid glatt und schlenderte langsam an den Tischen vorbei, an denen Black Jack, Poker, Texas Hold 'em oder Bavarian Stud gespielt wurde, und an denen manche buchstäblich um ihr Leben spielten. Gelegentlich verweilte sie kurz an einem der Tische. Die Augen des Saalchefs folgten ihr.

Die Einsätze beim Roulette lagen zwischen einem und 12.000 Euro, nirgendwo sonst konnte man innerhalb kürzester Zeit ein kleines Vermögen gewinnen oder verlieren.

»Rien ne va plus«, hatte die blöde Banktussi mit einem höhnischen Lächeln gesagt, nachdem sie vor ihren Augen die EC-Karte mit einer Schere durchgeschnitten und den Dispo-Kredit auf Null gesetzt hatte. Wenn sie ihr letztes Geld, das sie sich daraufhin von ihrer Putzfrau gepumpt hatte, auf die richtige Zahl setzte, dann könnte sie vielleicht nochmal ganz von vorne anfangen …

Wie magisch angezogen ging sie zu einem der Roulette-Tische, an dem sich die Spieler in drei Reihen drängten, bestimmt zwanzig, dreißig Menschen, sie konnte die aufgeladene Spannung geradezu spüren, die über diesem Tisch lag. Die Kugel war heiß, irgendjemand würde sich heute Nacht daran verbrennen …

Komm rüber
Spieler
Spieler komm rüber.
Das Spiel ist doch längst vorbei
Spieler komm rüber …

Sie stellte das halbleere Glas ab, zog den Lippenstift nach, strich sich eine wasserstoffblonde Strähne aus dem Gesicht und schob sich durch die erhitzten Leiber zum Tisch vor, wie eine Katze, die ihr Opfer fest im Visier hat.

»Faites vos jeux«, sagte der Croupier, und sie schob entschlossen ihre letzten Jetons mit beiden Händen auf die schwarze 17, so wie der Spieler in dem Lied, das sich seit der Fahrt auf der Autobahn unablässig in ihrem Kopf drehte wie die Roulette-Scheibe vor ihren Augen.

Und der Spieler
setzt alles auf eine Zahl
auf den höchsten Sieg
und auf die tiefste Qual …

Die Annoncen schwirrten hektisch durch die aufgeheizte Luft. »Transversale 4-9«, »Carré 23-27«. Irgendjemand warf in letzter Sekunde ein paar 500er-Jetons auf Rot.

Der Croupier setzte die Roulette-Scheibe in Bewegung und warf die Kugel gegen die Drehrichtung in den Zylinder. Die Kugel hüpfte und rollte und bahnte sich unbeirrt ihren schicksalhaften Weg.

»Rien ne va plus.«

Sie schloss die Augen.

Und dann geht nichts mehr
und der Spieler hört sich flehn:

Komm rüber
Kugel
Kugel komm rüber …

Der Saalchef begleitete sie hinaus. Die Eiseskälte riss sie aus ihrer Erstarrung. Der goldene Rolls Royce war verschwunden, vielleicht hatte die Polizei ihn abgeschleppt, vielleicht war er nur eine Fata Morgana gewesen.

»Geht es wieder?«, fragte der Saalchef und reichte ihr die Clutch Bag, die ihr entglitten war, als die Kugel auf die rote 7 gefallen war. Sie tastete nach ihrem Lippenstift. Rouge Noir. Hätte sie doch nur auf Rot gesetzt, rot wie Blut. Sie hatte die Vorzeichen falsch gedeutet. Es war aus.

Sie schloss zitternd die Augen. Der eiskalte Schneeregen peitschte ihr ins Gesicht, an ihre nackten Beine. Aber sie spürte die Kälte nicht, sie spürte gar nichts mehr.

Auf dem Weg zu ihrem Wagen knickte sie um. Sie streifte die Pumps ab und ließ sie achtlos liegen, ging barfuss weiter über den eiskalten grauen Beton, steckte den Schlüssel ins Schloss und fuhr los, ziellos am See entlang, vorbei an herrschaftlichen Villen hinter hohen Mauern und Milliardärswochenendhäusern, die sich als bescheidene Bauernhäuser tarnten.

Irgendwo in der Nähe der Büttenpapierfabrik, unweit der Geldpapierfabrik Louisenthal, stellte sie den Wagen ab, öffnete den Kofferraum, wuchtete den schwarzen Müllsack mit der zerstückelten Leiche des Mannes heraus, der ihr Leben zerstört hatte, und stieß ihn in die reißenden Fluten der Mangfall, deren weiße Schaumkronen sich kurz blutrot verfärbten.

Langsam ging sie zurück zum Wagen und schloss den Kofferraumdeckel. Dann holte sie die Pistole aus dem Handschuhfach, setzte alles auf die letzte Kugel und drückte ab.

Auszüge aus dem Lied »Der Spieler« von Achim Reichel aus dem Album »Blues in Blond« / Text: Jörg Fauser, Musik: Achim Reichel; Gorilla Musikverlag GmbH, Hamburg

Herbert Knorr

Am schönen Tegernsee

Heinz, hallo Heinz, ja, Heinz, ja, hier ist Werner. – Hilde will mal wieder an den Tegernsee. Genau, ja, zum fünfzigsten Mal! Jubiläum! Genau, das ist ein Ding. Fünfzig Mal in dreißig Jahren. Heinz, jetzt ist endgültig Schluss. Heinz, endlich mal die Nordsee sehen!

Ja, ich weiß, ja, genau, ich weiß Heinz, genau, deine Erna, ja ich weiß noch, du konntest ihr nie was recht machen. Und dann damals auf Borkum, irgendwie muss etwas mit dem Schlauchboot nicht in Ordnung gewesen sein. Gott hab' sie selig.

*

Hallo Heinz, ja, hier ist Werner, ja ich bin alleine. Hilde bildet sich in der Volkshochschule. Da gibt es heute einen Vortrag über das bayerische Voralpenland. Anschließend ein Luis-Trenker-Film. Was habe ich mir den Mund fusselig geredet. Igittigitt, hat Hilde gesagt: Igittigitt. Vor dem glitschigen Watt ekelt sie sich, die Möwen würden nur scheißen, für Fahrradtouren sei sie zu alt, am Strand schrieen ihr zu viel Kinder, der Brandungsschaum sei nur noch Chemie und die Nordsee sowieso kaputt.

Heinz, genau, ganz genau, die Bergwelt ist auch bedroht. – Nein, Hilde fährt nicht Ski. Aber sie ist ganz verrückt nach diesem Tegernseer Bergfilm-Festival. 100 Filme in fünf Tagen. Nein, ich resigniere nicht, ich schaff's nur nicht mehr.

*

Heinz, ja hier ist Werner. Nein, Hilde lässt sich auf nichts ein. Nein, auch auf die Kreuzfahrt nicht. Hilde hat diesen Film in Erinnerung, weiß du, wo der Dampfer von arabischen Terroristen … Nein, nichts zu machen. Dafür legt sie zur Einstimmung den ganzen Tag die *Tegernseer Alphornbläser* und den *Tegernseer Zwoagsang* in den CD-Player.

*

Heinz, ja, Heinz, hier ist Werner. Du, Scheidung kommt nicht in Frage. Ja, sagt der Anwalt. Gütertrennung. Nein, rein gar nichts. Nein, auch nicht den Mercedes. Den hat Hilde bezahlt.

*

Heinz, bist du das, Heinz, hallo, Heinz, ja Heinz, ich bin fix und fertig. Seit drei Tagen immer derselbe

Alptraum: Hilde und ich, oben auf dem Wallberg, ich angeschmiedet, am Gipfelkreuz, verdammt in alle Ewigkeit, ins Tegernseer Tal zu schauen, in der Ferne der Tegernsee, der türkisfarben schimmert wie die Karibik, und Hilde kommt jeden Morgen, bringt Tegernseer Knödel für den Hunger und Tegernseer Hell für den Durst, und jedes Mal holt sie aus ihrer Lodenjacke einen Spielzeugmercedes und wirft ihn vor meinen Augen hinab auf den Fels. Schließlich reißt sie mir das Hemd vom Leib, sägt mein Brustbein auf, klappt die Rippen um, reißt mir aus dem Herzen eine Prise Nordseesand und wirft sie in den aufkommenden Wind, der den Sand zum See trägt. Wenn der Sand das Wasser berührt, schäumt der See und nimmt wild vor Freude das Opfer an. Schon bald erscheinen sämtliche Buam und Madel aus dem Tegernseer Tal und singen in prächtigen Trachten: »Wenn die Nordseewellen rauschen an den Strand.«

*

Hallo Heinz, ja, hier ist Werner, ja ich war beim Therapeuten, ja, genau, ich hab ihm alles erzählt. Wieso? Hört sich gut an? Was für einen Schein? Welche Anstalt? Wieso Hilde? Wegen der Wasserneurose, dem Alpensyndrom? Nein, Heinz, der Irre bin ich!

*

Ja, Heinz, hallo Heinz, ja, bist du da? Ja Heinz, ich versteh dich prima. Ja, wir sind gut angekommen. Du ich muss mich beeilen, Hilde will gleich zum Ludwig-Thoma-Abend im Panorama-Restaurant oben auf dem Wallberg, auf einer Höhe von 1620 Metern, einmaliger Rundblick vom Großglockner bis zur Zugspitze über das Voralpenland bis nach München, nein, wir müssen nicht laufen, da fahren Gondeln hoch. Sind immer so hundertfünfzig, zweihundert Leute da oben.

Ja, Heinz, ja, immer gute Miene, ja wie gestern auf dem Dorffest. Uns wurde die Goldene Ehrennadel für treue Stammgäste … Als der Sepp vom Fremdenverkehrsverein sagte, dass er keine Sorge habe, dass wir noch den hundertsten Aufenthalt … da bin ich kreideweiß geworden. Der Sepp – du, der heißt wirklich Sepp – also, der Sepp gab mir einen Obstler extra und hat gemeint, dass sei die überwältigende Freude. Du, Heinz, Hilde kommt, genau, alles andere wie besprochen.

*

Heinz, hallo Heinz, ja hier ist Hilde. Ja, die Hilde vom Werner, genau ja, die Hilde vom – nein, mit mir ist nichts. Mit Werner ja, du Heinz, Werner ist tot. Abgestürzt. Ja, schrecklich, traurig, genau. Er wollte vor dem Ludwig-Thoma-Abend unbedingt noch hoch zum Gipfelkreuz. Werner, hab ich noch gesagt,

Werner, übernimm dich nicht. Das ist es nicht wert. Plötzlich, an der steilsten Stelle, kam er richtig mit Schwung auf mich zu, ja, ist wohl gestolpert oder so, genau, hatte die Hände ausgestreckt, genau, wollte sich wohl festhalten oder so, ja, wenn ich nicht beiseite gesprungen wäre. –

Ja, schrecklich. Sieht auch schrecklich aus, der Werner. Kaum wiederzuerkennen. Und dabei wollten wir doch im nächsten Jahr zur Nordsee. Es war ja sein sehnlichster Wunsch. Ich wusste es doch. Aber nein, er ließ mich nie zu Wort kommen, wollte partout immer an den Tegernsee. Hilde hat er gesagt, Hilde, das Tegernseer Tal ist deine zweite Heimat, unsere zweite Heimat.

Ja, genau, genau, morgen wird die Leiche überführt. Ja genau, er wollte Feuerbestattung, genau. Deshalb ruf ich auch an. Heinz, du kennst dich doch aus, es gibt doch ganz bestimmte Schiffe. Ja, genau, wenn du das für Werner arrangieren könntest. Das wäre wunderbar! Ja, genau, du hast vollkommen recht, ja genau, das mit der Asche bin ich Werner schuldig, ja, genau, dass er wenigstens einmal in der Nordsee schwimmt.

Henrike Heiland
Gmundner Alibi

Dramatis Personae:

Raumpflegerin Danka (D)

Psychologin Frau Dr. Annemarie Kornhauser-Höfling (KH)

Gmund am Tegernsee. In der Villa von Herrn Prof. Dieter Höfling. Es klingelt, gleichzeitig hört man, wie mit einem Schlüssel im Haustürschloss herumgefummelt wird. Frau Dr. Kornhauser-Höfling eilt zur Tür. Danka steht mit dem Schlüssel in der Hand vor dem Haus, in der anderen Hand ein großes Paket von der Konditorei Wagner.

KH: Danka, ähm, was machen Sie denn hier? Sie sollten doch erst morgen …

D *(schiebt sich an KH vorbei ins Haus)*: Hab ich gekauft Torte, vorne bei Café Wagner, und muss ich stellen in Kihlschrank, ist sich zu heiß zu schleppen bis heim, und brauch ich erst morgen frih fir Geburtstag von alte Dame, wissen Sie.

KH: Äh Moment, Sie können jetzt nicht in die Küche!

D: Muss ich! Muss ich stellen Torte in Kihlschrank in Eisfach! Sonst morgen frih nicht mehr gut fir alte Dame!

KH: Ihre, ähm, alte Dame, das ist doch die Frau Heublinger?

D *(seufzt)*: Ja, wird sich finfundneunzig, die alte Dame, und ist immer noch bese, weil wohnt um die Ecke von evangelische Kirche, und ist sich selbst so katholisch, sagt immer, Danka, bin ich froh, dass du bist aus Polen, da war her alte Papst, jetzt ist neue Papst aus Bayern, sind wir uns einig, aber bese Heiden in selbe Straße wie mich, und heißt sich auch noch Kirchenweg, das ist nicht gut, Danka. Sagt sie immer, alte Dame. Wird sich finfundneunzig. Wollen Sie sehen Torte? Ist so schene Torte, hier! *(Fummelt an der Verpackung.)*

KH: Nein, nein, schon gut, ich weiß, wie eine Torte aussieht, äh, ich meine, das ist bestimmt eine ganz tolle Torte. Aber … Sie können jetzt nicht in die Küche. Das, äh, geht nicht. Ich hab nicht aufgeräumt und – können Sie denn nicht schnell rübergehen zur Frau Heublinger und da die Torte ins Eisfach stellen? Ich meine, sie wird sie ja nicht über Nacht wegessen oder so was. *(Lacht gekünstelt.)*

D *(schaut beleidigt)*: Naaa, Frau Doktor Kornhauser-Hefling, geht sich nicht! Ist sich Iberraschung fir alte Dame! Hat sich erst morgen Geburtstag!

KH: Aber sie wird doch nicht fünf! Sie kann ruhig wissen, dass Sie ihr eine Torte mitbringen.

D: Naaa. Ist nicht schen. Soll sich freuen an Geburtstag! *(Drängt zur Küche.)* Und weiß ich doch, wie sieht sich aus, wenn ist nicht aufgeräumt bei Ihnen. Nicht schlimm. *(Bleibt stehen.)* Sagen Sie, Frau Doktor Kornhauser-Hefling, soll ich machen heute ganze Haus statt morgen? Kann ich tauschen mit Frau Stockl, der ist egal, ob ich komm heut oder …

KH *(schreit)*: Nein!

D: Was ist?

KH *(beruhigt sich)*: Äh, nein, das ist gerade wirklich ganz schlecht. Hören Sie, geben Sie mir die Torte, ich stell sie ins Eisfach, morgen können Sie sie dann holen, und jetzt gehen Sie schön zur Frau Stockl und machen da sauber, ja? Ich hab gerade nämlich überhaupt gar keine Zeit und …

D: Keine Zeit? Ist sich Mittwoch, an Nachmittag hat Praxis zu!

KH: Ja, äh, ich muss noch, also, einkaufen. Genau. Dringend.

D *(strahlt)*: Ah, wenn Sie sind sich weg, kann ich machen sauber, tausch ich mit Frau Stockl! Bin ich immer froh, wenn ich nicht muss zu Frau Stockl. So blede Frau. Sagt immer: ›Danka, quatsch nicht so viel, wirst du bezahlt fir putzen, nicht fir quatschen!‹ Macht mir nicht mal Tee, sagt sie: ›Danka, bekommst du Geld von mir, kannst du kaufen Flasche Wasser bei Tengelmann, musst du nicht trinken mein Tee! Tee ist fir Freundinnen und mich, nicht fir Putzfrau.‹ Kann ich tauschen, bin ich froh, ehrlich!

KH: Nein, das ist heute wirklich ganz schlecht. Und jetzt geben Sie die Torte her.

D: Nein, mach ich selbst! Kein Problem!

KH *(will ihr das Paket entreißen)*: Geben Sie her!

D *(hält es fest):* Lassen Sie Torte!

KH *(zerrt an der Torte)*: Jetzt machen Sie schon, ich kann doch … *(Die Torte klatscht auf den Boden.)* Oh Gott. Entschuldigung, Danka. Ich kaufe Ihnen sofort eine Neue. Das tut mir so leid.

D: Frau Doktor! Geht sich nicht kaufen neue einfach so! Hat sich Konditor Wagner gemacht extra Mihe mit Name von alte Dame geschrieben auf Torte! Und finfundneunzig! So schen gemacht Zahl mit Name! Muss man anrufen viel Tage vorher, damit macht Konditor richtig! Sind Sie so nerves heut, versteh ich nicht. Geh ich und hol Putzlappen aus Kiche. *(Geht resolut zur Küchentür und reißt sie auf.)*

KH: Neiiiiiiin!

D *(bleibt wie angewurzelt in der Küchentür stehen)*: Oh. Frau Doktor. Da ist …

KH: Ja.

D: Hat sich verletzt?

KH: So … könnte man das vielleicht auch formulieren.

D: Ist sich tot, der Herr Professor?

KH: Ja, ähm, ich wollte gerade die, äh, Polizei rufen, wissen Sie, also gehen Sie besser mal wieder nach Hause oder so, nicht, dass Sie noch Ärger bekommen, weil wir Sie nicht angemeldet haben, das wäre doch für uns alle …

D: Wie ist passiert?

KH: Also, das war ein Unfall. Ganz dumm. Ich habe ihn auch gerade erst entdeckt, als Sie …

D: Naaa. War sich nix Unfall! Wie will sich Fleischmesser stechen durch ganze Hals bei Unfall, und dann noch von links, wenn sich ist Rechtshender, der Herr Professor?

KH: Oh, äh … Tja. Dann …

D: Waren Sie, Frau Doktor Kornhauser-Hefling?

KH: Ich kann das erklären. Es …

D: Haben Sie Herr Professor mit Messer in Hals getetet? Frau Doktor, warum …?

KH: Ich wollte es Ihnen doch gerade erklären. Ich habe …, also eigentlich hat er …

D: Naaa. Wollt ich wissen, warum Sie haben nicht gefragt Danka! Kann ich helfen. Wenn Herr Professor so liegt da, dann Polizei weiß genau, war sich nix Unfall. Hätten mich fragen missen, hätt ich Ihnen gesagt, muss man so und so machen, damit sieht aus wie Unfall, und Polizei merkt nix. Jetzt schene Scheiße.

KH *(zerknirscht)*: Rufen Sie die Polizei?

D: Naaa. Nix Polizei. War sich Arschloch, der Herr Professor. Tut mir leid, dass ich sage, dass war Ihr Mann Arschloch. Aber war sich Arschloch! Immer geizig mit Geld, hat gesagt: ›Danka, mach nicht so lang, muss ich sonst zahlen nächste Stunde auch noch, sind sich wieder zehn Euro mehr!‹

KH: Ja, so war er, der Dieter …

D: Und wissen Sie noch, hat er Ihnen weggenommen Ihre eigene Auto, weil Sie hatten Unfall an Tankstelle, sind rückwärts gefahren in Pfosten. Gekostet finftausend Euro, und mussten selbst zahlen, weil Herr Professor war zu geizig zu machen – wie heißt sich Versicherung?

KH: Vollkasko.

D: Vollkasse?

KH: Ko.

D: Vollkasse…ko?

KH: Ja.

D: So geiziger Mann.

KH: Ja.

D: Und bese. Wissen Sie noch, war vor drei Wochen, hat Ihnen gesagt, macht er nicht mehr lange mit Ihre Praxis in eigene Haus. Aber Haus ist riesig, kann sich Frau Doktor doch haben Praxis!

KH: Ja.

D: Hat zu mir gesagt: ›Danka, immer muss Frau reden mit Bekloppte, Tag und Nacht, immer sind sich Bekloppte in Haus, will ich nicht, hat ich lang genug Bekloppte um mich rum, ganze Tag Psichater in Klinik, soll sich suchen andere Ort fir Praxis.‹

KH: Ja.

D: Hat er gesagt letzte Woche zu mir! Doch!

KH: Ich weiß.

D: Aaah, hat Frau Doktor deshalb Herr Professor …

KH: Ja.

D: Aaah. Wollte Herr Professor Praxis zumachen.

KH: Ja.

D: Und Frau Doktor nicht genug eigene Geld fir mietet anderswo Praxis?

KH: Die Mietpreise hier sind hoch … Und auf die Schnelle ein geeignetes Objekt zu finden … Und es lief ja alles auf seinen Namen … Ach, Danka, das ist kompliziert.

D: Naaa, nix kompliziert! Ganz einfach. Herr Professor war Arschloch und hat sich verdient, tot zu sein. Nur. Was machen wir jetzt mit Polizei? Ah. Weiß ich schon. Sagen wir Polizei: ›Heren Sie, war sich Bekloppte, ist gekommen durch Kichentir von außen, hat gemacht Scheibe kaputt.‹ Warten Sie, Frau Doktor, mach ich Scheibe kaputt, muss sich von außen machen, Moment. *(Geht vor die Küchentür und schlägt sie mit einem Stein ein.)* So. Hat sich genommen Messer von Kichentisch und erstochen Herr Professor. Ja? Gut. Weiß ich genau, hat Herr Professor zu mir gesagt: ›Danka, eines Tages wird sich Bekloppte von meine Frau durchdrehen und bringt jemand um.‹ Und ist passiert! Nein?

KH: Meinen Sie, damit kommen wir durch?

D *(winkt ab)*: Jaaa. War sich so: Danka kommt rein, sieht Herr Professor in Kiche, lässt fallen Torte, ruft nach Frau Doktor. Frau Doktor kommt sich …

KH: Moment. Ich habe kein Alibi!

D *(denkt kurz nach)*: Gut. War sich so: Danka

kommt rein mit Frau Doktor. War sich zusammen mit Frau Doktor bei Konditor.

KH: Aber die haben mich da doch gar nicht gesehen.

D: Gewartet in Auto!

KH: Nein. Das geht nicht. Bestimmt hat jemand gesehen, wie Sie zu Fuß …

D: Gut. War sich so: Komm ich her, stelle Torte ab, sag ich zu Herr Professor, weil ist sich noch am Leben: ›Hallo, stellen Sie mir Torte in Eisfach, geh ich schnell mit Ihre Frau einkaufen.‹ Gehen wir jetzt einkaufen zusammen. Dann wir kommen zurick, Herr Professor tot, wir rufen Polizei.

KH: Und warum liegt die Torte auf dem Boden?

D: Bekloppte Einbrecher wollte haben Torte, hat sich gestritten mit Herr Professor. Torte runtergefallen.

KH: Aber die Fingerabdrücke …

D: Sehen Sie. Deshalb ich sag immer: Missen genau planen, bevor Sie teten Ehemann! Nur wegen Scheißtorte fir alte Dame wir kennen nicht machen Alibi!

KH: Wir könnten sagen, dass mein Mann die Torte bestimmt im Flur vergessen hat. Und als wir zurückkamen, fanden wir sie im Flur, wollten sie in die Küche bringen, da lag mein Mann auf dem Boden, und wir waren so erschrocken, dass sie uns runtergefallen ist?

D: Ja. Vielleicht. Besser als ohne Fingerabdricke von Bekloppte und Herr Professor. Ja.

KH: Gut. Genauso machen wir das. Fahren wir.

D: Was ist mit Fingerabdricke von Frau Doktor auf Messer?

KH: Oh, ja, wir müssen das Messer noch abwischen.

D (*wischt das Messer ab*)**:** Mach ich. Heren Sie, Frau Doktor, missen Sie an so was denken, zeigt jede Krimi in Fernsehen! Wissen Sie denn nicht?

KH: Nein, ich schau nicht so viel … äh … danke. Äh, Vorsicht, nicht ins Blut treten!

D: Mensch, Frau Doktor, so viel Blut! Und läuft und läuft, hert sich nicht mehr auf!

KH: Ja, ich hab ganz vergessen, dass er diese Blutverdünner seit ein paar Wochen nimmt … Vielleicht deshalb …

D: Blutet wie Schwein bei Schlachter! Hoffentlich ist sich Polizei schnell fertig mit Spuren, dann ich kann morgen in Ruhe putzen die Kiche, sonst macht noch Flecken. Weiß man nie. Blut ist schwer rauszumachen.

KH: Ach, das geht schon. Im Zweifel lass ich die Küche renovieren. Ich hab ja jetzt Geld. Und wohin fahren wir zwei?

D (*überlegt*)**:** Zu Gärtnerei. Muss ich kaufen Geranien fir alte Dame. Will nicht mehr rosa Geranien. Sag ich: ›Machen Sie andere Blumen!‹ Sagt alte Dame: ›Muss man haben Geranien, ist sich so in Gmund, darf kein andere Blume in Topf vor Fenster.‹ Sag ich: ›Gut, kauf ich rot, nicht mehr rosa?‹ Sagt alte Dame:

›Ja, alles nur nicht mehr rosa. Hab ich rosa, seit ich bin kleine Madla in Gmund, immer nur rosa, rosa, rosa.‹ Sag ich: ›Mach ich zu Geburtstag, ab finfundneunzigste Geburtstag, Sie haben sich rote Geranien fir nächste finfundneunzig Jahre, nicht mehr rosa.‹

KH: Hängende?

D: Naaa. Nicht hängende. Normale.

KH: Ich könnte auch mal wieder neue Geranien pflanzen.

D: Ja, vor Fenster von Praxis, ist sich immer so leer, und Bekloppte megen bestimmt Blumen! Beruhigen doch, Blumen.

KH: Vielleicht nicht unbedingt rot, das macht so aggressiv …

D: Und sieht aus wie Blut.

KH: Na ja. Das ist schon ein anderes Rot, wenn ich mir das so ansehe.

D: Stimmt. Rosa?

KH: Passen Sie auf. Wir kaufen rote für die Frau Heublinger, und rosa für mich. Aber ich will hängende. Mein Mann hat hängende Geranien gehasst.

D: Gut! Machen wir so lange Gespräch mit Verkäufer, das sich erinnert an uns zwei. Sagen wir Sachen wie: ›Aber Frau Doktor, wieso kaufen Sie hängende, will sich Ihr Mann haben normale!‹ Und sagen Sie: ›Nein, Danka, will ich …‹ Moment, Frau Doktor …

KH: Sie haben recht. Vielleicht kauf ich doch besser normale, damit die Polizei nicht denkt …

D: Ja, das ist sich gute Idee! Aber missen wir driber reden vor Verkäufer, damit sich klar ist: Frau Doktor will sich andere wie Herr Professor, aber kauft dann die fir Herr Professor, weil denkt ja, dass Mann lebt.

KH: Dann haben wir ein Alibi.

D: Missen jetzt schnell los.

KH: Genau. Sehr gut.

D: Und Sie zahlen Geranien fir alte Dame.

KH: Ich … was? Äh, ach so. Ja. Natürlich. Selbstverständlich.

D: Und bekomm ich fir heute bezahlt Extrazeit, weil kann ich nicht gehen zu Frau Stockl. Kann ich haben Handy von Frau Doktor, muss ich absagen Frau Stockl. Sonst Polizei wird misstrauisch. Sag ich: ›Frau Stockl, helf ich Frau Doktor mit Geranien, und Frau Doktor hilft mir auch mit Geranien fir alte Dame.‹

KH: Ja. Aber Sie telefonieren dann im Auto, ja?

D: Jaaa. Ah, und Frau Doktor, noch was.

KH *(schluckt)*: Ja?

D: Will ich noch andere Gefallen, weil helf ich Ihnen.

KH: Also, wenn es um Geld geht, ist das gar kein Problem.

D: Naaa. Geht um anderes.

KH: Kein Geld? Aber … was denn dann?

D: Bitte, Frau Doktor. Wenn ich nie wieder muss putzen Silber. Ist sooo schrecklich, Silber!

KH: Ja! Klar! Puh …

D: Und noch was … auch kein Gardinen mehr aufhängen. Missen Sie machen. Wasch ich und alles, aber nicht aufhängen. Wird sich mir immer schlecht auf Leiter, hab ich Angst und Schwindel und dreht sich ganze Zimmer.

KH: Keine Gardinen mehr. Okay. Noch was?

D: Vielleicht kann Frau Doktor anfangen und selbst Mill trennen?

KH: Ich soll selbst … Okay. Okay. Gut.

D: Ah, noch was. Wenn Frau Doktor vielleicht nicht mehr Kleider gibt in Secondhand oder zu Kirche, sondern zu mir. Hab ich netiger als Kirche. Bin ich selbst eigene Kirche, sag ich immer.

KH: Meine aussortierte Kleidung. Alles klar. Aber das war's dann?

D: Denk ich mir, kann sich Frau Doktor Verdacht lenken fir Polizei vielleicht auf bekloppte Frau Stockl.

KH: Warum denn auf die Frau Stockl?

D: Na, ist sich bekloppt! Kommt doch auch zu Ihnen!

KH: Also, das geht aber nicht!

D: Aber Frau Stockl ist so dummes Weib!

KH: Ich kann doch nicht einfach …

D: Warum? Wer hat denn dann Herr Professor getetet, wenn nicht Frau Stockl?

KH: Aber wieso sollte denn die Frau Stockl …? Nur, weil Sie bei mir in Behandlung ist, heißt das doch noch lange nicht, dass sie einfach so wahllos herumrennt und jemanden …

D: Hat sich geliebt Herr Professor.

KH: Nein!

D: Doch!

KH: Niemals!

D: Doch! Und Arschloch Herr Professor hat manchmal, wenn war allein mit ihr …

KH: Reden Sie nicht weiter! Ich will mir das nicht vorstellen müssen!

D: Stimmt aber! Dachte ich, wissen Sie und haben deshalb auch getetet …

KH: Nein, doch nicht wegen einer anderen Frau. Und schon gar nicht wegen der Stockl. Ich war froh, wenn er mich in Ruhe gelassen hat. Nein, nein. Er wollte einen Hobbykeller aus meinen Praxisräumen machen, damit er jetzt, wo er in Rente geht, seine Scheißjagdtrophäen aufhängen kann.

D: Ja, und hat gemacht Jagd in Bett mit Frau Stockl. Dachte ich, ist sich mit Frau Stockl bei Ihnen wie Tropfen in Fass und läuft iber.

KH: Nein, das wusste ich gar nicht.

D: Hm. Wie sagen wir Polizei, damit nicht denkt, Sie waren eifersichtig?

KH: Keine Ahnung. Aber in dem Fall sollten wir wirklich zusehen, dass wir den Verdacht auf Frau Stockl lenken … Sie wollten sie noch anrufen, nicht wahr?

D: Ja. Kann ich sagen: ›Frau Stockl, sind wir nicht

da, laaange weg mit Auto, Herr Professor allein in Haus …‹ Blabla.

KH: Aber die dürfen nicht denken, dass ich eifersüchtig war!

D: Naaa, kriegen wir hin.

KH: Wie denn?

D: Mmmh. Muss ich noch iberlegen. Haben wir Zeit in Auto, nicht?

KH: Ja. Fahren wir mal besser los.

D: Ach, und Frau Doktor, hab ich noch was … Will ich nicht mehr immer jede Woche neu beziehen Betten. Ist zu viel!

KH: Danka …

D: Und bitte, Frau Doktor, holen Sie Gärtner. Kann ich nicht auch noch immer machen Sachen in Garten.

KH: Danka …

D: Und Auto. Warum muss ich Auto machen sauber innen, wenn gibt sich Innenreinigung bei Werkstatt?

KH: Danka, wollen Sie überhaupt noch für mich arbeiten?

D: Aber ja! Ja! Jetzt wo ist sich Herr Professor nicht mehr, macht sich bestimmt mehr Spaß! Fahren wir jetzt zu Gärtnerei?

Tatjana Kruse

Tegernseer Wasserleichen für Anfänger

Gespenstisch wabern die Morgennebel über den Tegernsee. Es würde mich überhaupt nicht überraschen, wenn aus der undurchdringlichen Nebelfront gleich der Fliegende Holländer mit seiner Crew aus leprösen Matrosenzombies auftauchte. Aber vermutlich würden die Untoten unsichtbar an mir vorbeischippern. Man sieht nämlich rein gar nichts, nicht einmal die Hand vor Augen. Zudem hüllt mich eine unglaubliche Stille ein, liegt wie ein riesiger Wattebausch schwerelos auf mir. Sie ist fast greifbar, die Stille. Man hört absolut nichts.

Bis auf mein Keuchen.

Ich hätte es mir nicht so anstrengend vorgestellt, mit einer Leiche an Bord im weiß-blauen Tretboot quer über den Tegernsee bis an dessen tiefste Stelle zu fahren. Meine Oberschenkelmuskeln brennen. Und ja, ja, jetzt setzt auch schon das Seitenstechen ein.

Mist!

Abgehende Winde, die nach deutschem Liedgut klingen

Brettschneider war ein Fluch. Für alle, aber besonders für mich, denn ich war seine Ehefrau. Und er war mein Ehemann. Mein vierter. Nicht mein bester. Aber mein reichster. Allerdings ein Proll. »Wo ich bin, ist oben«, pflegte er zu sagen und scherte sich rein gar nicht um gute Manieren. Wenn er furzte – und er furzte viel, weil er alle Sorten Kohl zwar liebte, aber darmtechnisch nicht vertrug –, grinste er immer und meinte: »Ach, das klang jetzt doch ganz nach den Wildecker Herzbuben!« (Wahlweise nach Hansi Hinterseer oder den Flippers.) Und tagaus, tagein verschlang er tonnenweise Münsterkäse zu Abend – nicht nur unsere Villa roch streng, auch aus meiner Designerkleidung war der Gestank irgendwann nicht mehr herauszubekommen.

Jetzt könnte man ja einwenden, das reiche nicht aus, um einen Menschen vom Leben zum Tode zu befördern, und es hätte doch genügt, die Scheidung einzureichen, aber ich sah das anders, erwies der Welt einen Dienst und hatte anschließend nur noch ein Problem: Was tun mit Brettschneider?

Der Mensch stammt vom Egel ab.
(Versprecher, frei nach Darwin)

Ich habe das Tegernseer Tal, das Land der Lüftlmalerei, nie verlassen. Bin aufgewachsen mit Blick auf den See, der damals noch idyllisch war und kein ›Lago di Bonzo‹. Mein Vater hatte einen Vorstandsposten im Gebirgstrachtenerhaltungsverein, meine Mutter im Brauchtumspflegeverein und ich selbst hab' immer gewusst, dass es nirgends schöner sein kann als am Tegernsee.

Und so ein See ist eben nicht nur schön, sondern auch praktisch. Und tief. An seiner tiefsten Stelle knapp über 72 Meter. Das würde wohl reichen, um Brettschneider bis zu den Trompeten des Jüngsten Gerichts zu versenken. Dachte ich mir in der Nacht nach der Tat, wuchtete die Leiche in meinen Kofferraum und fuhr zum Tretbootverleih meines Vertrauens, den es schon seit 1873 gab.

Tretboote sind keine Kronjuwelen, die Sicherheitsvorkehrungen waren daher fast eine Beleidigung meiner Intelligenz und es stellte somit nicht die geringste Herausforderung dar, mir eines der weiß-blauen Bötchen zu krallen, Brettschneider mit viel Muskelkraft (Danke, ›Frauen Fitness Finsterwald‹!) und einer Sackkarre zum Tretboot zu verfrachten, auf den Passagiersitz zu hieven und loszutreten.

Zu dem Zeitpunkt hielt ich den Nebel noch für meinen Freund.

Und ich trete, trete, trete, trete im Sauseschritt …

Während des monotonen Tretens reminisziere ich.

Brettschneider hatte es immer für höchst amüsant gehalten, dass ich schon drei Ehemänner unter die Erde gebracht hatte. »Komm zu mir, meine schwarze Witwe«, pflegte er zu säuseln, wenn er in Stimmung für die Horizontale kam, was Gott sei Dank nicht allzu häufig der Fall war. Natürlich hatte er keine Ahnung, wie richtig er damit lag.

Den ersten hatte ich in einer Silvesternacht die Wendeltreppe hinuntergestoßen (Genickbruch durch Unfall im Vollrausch), den zweiten mit Autoabgasen in der Garage vergiftet (Suizid) und den dritten schubste ich beim New-York-Shoppingurlaub vor eine U-Bahn (tragic accident). Man konnte mir nie etwas nachweisen. Natürlich gab es Klatsch und Tratsch und dumme Gerüchte – schließlich wurde ich von Witwenschaft zu Witwenschaft vermögender –, aber das kratzte mich weiter nicht, da die offiziellen Stellen ausnahmslos jedes Mal auf ›Tod ohne Fremdeinwirkung‹ befanden. Auch bei Brettschneider sollte es so sein.

Die zur Fortbewegung eines Tretboots benötigte Energie wird über Pedale mit Muskelkraft umgesetzt. Eine Antriebskette leitet die Beinkraft auf ein Schaufelrad weiter. So trocken wie sich das liest, ist es auch. Normalerweise tritt man zu zweit und kann sich unterhalten. Aber Brettschneider ist tot und somit mundfaul. Es hätte geholfen, den üblichen Tegernseeblick auf weiße Villen, Bäume oder die grandiose Bergkulisse zu haben, aber der Nebel macht das unmöglich und der Blick ist somit eintönig grau. Und ehrlich gesagt, geht mir nach wenigen Minuten nicht nur die Puste aus, ich habe auch bald schon keine Ahnung mehr, wo genau ich mich befinde und wie weit es noch bis zur tiefsten Stelle ist.

Das ist jetzt ärgerlich!

Er hat ein knallrotes Treteboot und mit dem Treteboot fährt er hinaus …

Ist ja auch egal, denke ich, dann kippe ich den Brettschneider einfach hier über Bord und gut. Ich halte also an, hole tief Luft, packe Brettschneider am Revers und …

»Sie da!«, ertönt eine Männerstimme. Sie klingt ungnädig.

Ich zucke zusammen.

Die Männerstimme gehört einer Mickergestalt mit Neoprenanzug in einem knallroten Tretboot, die sich lautlos angepirscht hat und plötzlich aus der Nebelwand auftaucht.

Im Kampf Tretbootler gegen Tretbootlerin würde ich das Männchen mühelos überwältigen können.

»Trainieren Sie etwa auch für die Meisterschaft?« Seine haarigen Nüstern erbeben. Er wittert in mir offensichtlich eine Konkurrentin.

»Meisterschaft?« Im Tretbootfahren? Was kommt als nächstes? Die Qualifikationsausscheidungen im Nasenbohren?

»Die Tegernseer Tretbootmeisterschaft!« Er mustert mich misstrauisch. Eine Mittdreißigerin im Pelzmantel, mitten auf dem Tegernsee in einem Tretboot. »Sie sind doch null in Form, an Ihrer Stelle würde ich es bleiben lassen.«

Das ist eine Impertinenz sondergleichen und unter anderen Umständen hätte ich sofort einen Antrag auf Teilnahme an der Meisterschaft gestellt und das

Mickermännchen in Grund und Boden getretbootet, aber meine Prioritäten liegen momentan anderswo. Ich muss einen Toten versenken. »Wahrscheinlich haben Sie recht«, säusele ich deshalb in meiner samtigsten Blondinenstimme.

»Was hat der denn?«, fragt der Impertinenzling völlig unbeeindruckt und beäugt Brettschneider.

Brettschneider ist aufgrund meines wackeren Tretens zur Seite gekippt und hängt mit dem Oberkörper über dem Tretbootrand.

»Zu viel getrunken«, sage ich rasch. »Ja dann noch gutes Trainieren!« Ich trete in die Pedale und steuere in die Nebelwand hinein.

»Wo fahren Sie denn hin? Da geht's zur Seemitte!«, ruft mir der Wicht hinterher.

Ich antworte nicht.

Wenigstens ist das Seitenstechen jetzt weg.

Im Tretboot in Seenot, kein SOS, kein Echolot …

Der Nebel lichtet sich nicht. Die Stille hängt bleiern über mir. Aus dem Wattebausch scheint allmählich eine schallisolierende Fleecedecke zu werden. Außer den Tretgeräuschen der Pedale und meinem Keuchen höre ich nichts. Mir wird immer wärmer. Also halte ich an und tauche beide Hände in den Tegernsee. Schockgefroren ziehe ich sie sofort wieder heraus. Es ist Frühling, aber der See hat das noch nicht mitbekommen und seine Wintertemperatur beibehalten. Brettschneider ist mittlerweile noch weiter vom Sitz gerutscht und sein Kopf hängt hälftig im Eiswasser. Ich ziehe ihn hoch. Gerade noch rechtzeitig.

»Brauchen Sie Hilfe?«

Ich zucke zusammen. Hinter mir hat sich lautlos das rot-weiße Boot der Wasserwacht OG Gmund genähert.

»Mein Wasserwachtkamerad und ich haben uns Sorgen gemacht«, sagt einer der beiden Wasserwächtler.

»Völlig unnötig, mein Mann und ich wollten nur den Morgen in romantischer Umgebung begehen, aber ich fürchte, er hat zu viel vom Champagner erwischt. Hochzeitstag, Sie verstehen sicher.«

»Tretboote sind einem erhöhten Unfallrisiko ausgesetzt«, doziert der Wasserwächtler. »Vor allem bei Nebel!«

»Wir passen schon auf«, flöte ich und lächele mein bezauberndstes Lächeln. Mit diesem Lächeln habe ich es auf vier reiche Ehemänner gebracht und auch bei den Knaben in ihren Schutzwesten zeigt es Wirkung.

»Na schön«, meint der, der dauernd redet, während der, der nie was sagt, stumm grinst. »Aber wir schauen nachher noch mal nach Ihnen.«

»Ist gut, vielen Dank.« Mein Lächeln erstarrt, doch das merken die beiden nicht. Sie schippern weiter und verschwinden hinter dem Nebelvorhang.

Jetzt aber Tempo, denke ich, weg mit Brettschneider!

Wonderful day for making a boat tour!

Das Tretboot schaukelt heftig, als ich Brettschneider am Hosengürtel packe und ihn über den Bootsrand wuchte.

Wasser schwappt. Mein Pelz wird nass. Aber es ist vollbracht!

Ich lehne mich schwer atmend zurück.

Und bekomme aus dem Augenwinkel mit, wie etwas aus den Fluten aufsteigt, gleich dem Phönix aus der Asche, nur dass es statt Asche der Tegernsee ist und statt des Phönix ein fetter Toter namens Brettschneider. Das muss der Kohl sein, denke ich, die viele Luft in seinem Gedärm lässt ihn oben treiben. Als ob er nicht im Tegernsee dümpelt, sondern im Toten Meer.

Das ist jetzt blöd!

Jeden Moment können der Tretboottrainierer oder die Wasserwächtler zurückkommen und dann bin ich geliefert.

Ich hatte geplant, dass er wie ein Stein untergeht, mangels Strömung dort liegen bleibt, wo er aufschlägt, und erst Wochen oder gar Monate später als aufgedunsene, von Fischen und Kleingetier angenagte, kaum noch zu identifizierende Leiche wieder an die Oberfläche steigt. Man würde an dieser Wasserleiche nicht mehr feststellen können, dass ich sie mit einem Kissen im Schlaf erstickt hatte. Der Todeszeitpunkt wäre ebenfalls diffus und ich könnte mir locker ein Alibi ausdenken. Ja, so war es geplant.

Aber Brettschneider mit seinem Blähbauch versucht, mir noch als Leiche einen Strich durch die Rechnung zu machen. So nicht. Nicht mit mir!

Ich überlege kurz, ob ich flugs ans Ufer tretbooten und einige Steine holen soll, um ihn damit zu beschweren. Aber das würde zu lange dauern. Allmählich lichtet sich nämlich der Nebel.

Im Tretboot gibt es nichts Schweres. Außer …

Ich schäle mich aus meinem Pelzmantel – für manche Dinge muss man eben Opfer bringen –, beuge mich aus dem Tretboot und ziehe Brettschneider zu mir heran. Kurz lausche ich in die Stille, ob sich jemand nähert, aber nein. Dann ziehe ich Brettschneider den Pelz über. Natürlich passt der Mantel ihm nicht, aber es geht ja nur darum, seine Arme mit aller Gewalt so in die Ärmel zu quetschen, dass er nicht herausrutscht, wenn sich der Pelz voll Wasser saugt und ihn die Tiefe reißt.

Ich bringe das schier Unmögliche zustande: Trotz der Kälte tierisch schwitzend sehe ich einige Minuten später, wie etwas, das einem riesigen Felltier ähnelt, auf dem Tegernsee dümpelt. Und dümpelt. Und dümpelt. Und einfach nicht untergeht!

»Mein Gott, das machst du doch mit Absicht!«, schreie ich Brettschneider an.

Ich beuge mich wieder aus dem Boot, um Brettschneider mit aller Kraft unter Wasser zu drücken. Es erweist sich ein wenig so, wie wenn man eine Luftmatratze untertauchen will – drückt man ihn an den

Schultern nach unten, heben sich die Beine, drückt man ihn am Po nach unten, schießen die Schultern hoch. Noch im Tod lebt er offenbar sein Motto: Wo ich bin, ist oben.

Ich konzentriere mich auf sein Hohlkreuz und lege meine ganze Kraft hinein. Ich drücke noch fester, verliere das Gleichgewicht und falle in den See.

Eines Tages schwimmt die Wahrheit doch nach oben. Als Wasserleiche. (Wieslaw Brudzinski)

Bei kalten Wassertemperaturen ist die Wärmeleitung im Wasser über 20 Mal höher als in der Luft, der Körper kühlt folglich viel schneller aus. Brettschneider kann das egal sein, mir nicht. Ich will mich am Tretboot festhalten, aber es entglitscht mir. Bei meinem Versuch, ihm hinterher zu schwimmen, verheddere ich mich in den Verschlussschnallen des Pelzmantels und bis ich mich mit bereits klammen Fingern befreit habe, treibt das Tretboot schon längst in scheinbar unerreichbaren Fernen. Ich versuche zwar ein paar Schwimmstöße, gebe aber rasch auf.

Mir hat ja keiner gesagt, dass man sich in kaltem Wasser möglichst nicht bewegen sollte, weil sonst das kalte Blut aus der Peripherie in den Körperkern gelangt und man unweigerlich an Unterkühlung stirbt. Das muss mir auch keiner sagen, das merke ich selbst.

Ich will auf Brettschneider klettern und ihn gewissermaßen als Schlauchboot missbrauchen und es ist mir egal, ob man mich erwischt, ich will nur überleben, aber als ich mich an dem Pelzmantel festhalte, gleiten Brettschneiders Arme aus den Ärmeln und der mittlerweile vollgesogene Mantel, in den sich meine Finger, die sich nicht wieder öffnen lassen wollen, verkrallt haben, geht zusammen mit mir unter.

Ich spüre, wie sich meine Gefäße verengen, wie mir das Bewusstsein schwindet. Ein letzter Blick nach oben zeigt Brettschneider. Der Nebel ist aufgebrochen und die Morgensonne hüllt ihn in warmes Licht.

Der geht nicht unter. Der geht niemals unter.

Brettschneider schwimmt oben!

Andreas Föhr

Die stille Nacht

1. Akt

Die Limousine fuhr durch die Heilige Nacht und den Föhnsturm, der an diesem Abend über den Tegernsee fegte. Der Mann am Steuer hieß Holger Wenger. Er war 38 Jahre alt, seine Züge weich, die Wangen unrasiert, die Augen von dunklen Schatten umrandet. Vor 29 Jahren war Holgers Mutter in der Weihnachtsnacht mit ihrem Wagen an den 200 Jahre alten Ahornbaum gerast, der zwischen Gmund und Bad Wiessee an der Straße stand, die zu dem kleinen Ort Holz führte. Die Polizei ging von Selbstmord aus. Vor neun Jahren erdrosselte Holger seine Freundin Sabine, nachdem er herausgefunden hatte, dass sie ihn betrog. Nach der Tat fuhr er zu dem Ahornbaum, an dem Holgers Mutter ihrem Leben ein Ende gesetzt hatte, und vergrub die Tote dort. Der Hund eines Spaziergängers entdeckte die Leiche noch am gleichen Tag. Das psychologische Gutachten bescheinigte Holger eingeschränkte Zurechungsfähigkeit. Der durch den frühen Tod der Mutter verursachte Schock habe bleibende Schäden hinterlassen, vor allem psychotisch ausgeprägte Verlassensängste. Holger wurde wegen Totschlags zu sieben Jahren Haft mit anschließender Sicherungsverwahrung verurteilt. Aufgrund einer günstigen Prognose war Holger vorgestern entlassen worden.

Das Mädchen auf dem Beifahrersitz war blass und sagte nichts. Ihre Augen blickten zur Wagendecke und blinzelten nicht. Sie war tot. Holger wusste nicht genau, warum er durch die Nacht fuhr. Auch wusste er nicht wohin, aber er hatte ein Gefühl, als gehe es irgendwie in Richtung des alten Ahornbaumes.

Martin Wenger ging noch einmal durch den Speisesaal und überzeugte sich davon, dass die Tischdekoration stimmungsvoll war. Menschen, die Heiligabend in einem Hotel verbrachten, erwarteten ein angemessen festliches Ambiente. Martin tat alles, um den Wunsch seiner Gäste nach weihnachtlicher Erbauung zu erfüllen. Er selbst freilich hatte einen Beruf gewählt, der ihm das Weihnachtsfest vom Hals hielt.

In der Lobby begrüßte er die Stammgäste, die das Jahresende wie üblich in dem Hotel am Malerwinkel verbrachten. Beim Rezeptionisten erkundigte er sich, ob der BMW gereinigt in der Tiefgarage stehe. Der Rezeptionist sagte, der Wagen sei gereinigt, aber nicht mehr in der Tiefgarage. Martins Bruder sei damit weggefahren, habe der Hausmeister gesagt. Da sich der Bruder in Besitz der Wagenschlüssel befand, sei der Hausmeister davon ausgegangen, dass alles seine Ordnung habe. Ja, das habe es, sagte Martin und ärgerte sich. Denn er hatte Holger gesagt, er solle den Wagen nur im Notfall benutzen. Es sei auch noch jemand anderer in dem Wagen gesessen, sagte der Portier. Eine Dame, die der Hausmeister aber nicht genau erkennen konnte. Martin bedankte sich und verließ die Rezeption mit schlechter Laune.

Seine Verstimmung rührte daher, dass er seine Freundin Jenny seit zwei Stunden nicht erreichen konnte. Ihr Handy war ausgeschaltet. Er wollte wissen, wie lange sie heute Abend bei ihren Eltern bleiben würde. Das neue Mädchen aus dem Service kreuzte Martins Weg und grüßte ihn lächelnd. Martin lächelte zurück und dreht sich nach ihr um. Sie wusste, wie man einen Hintern bewegt.

Zudem ärgerte ihn, dass sein Bruder ins Hotel gekommen war. Er war vorgestern aus dem Gefängnis entlassen worden und sollte zunächst bei ihm im Haus bleiben und fernsehen, am Computer spielen oder sonst etwas machen, bei dem er nicht mit anderen Menschen in Berührung kam. Martin wollte seinen Bruder langsam wieder in die normale Welt einführen. Wie genau, wusste er noch nicht. In der vorweihnachtlichen Hektik hatte er keine Zeit gehabt, sich etwas zu überlegen. Bis jetzt hatte er Holger weder ins Hotel mitgenommen noch ihm Jenny vorgestellt. Möglicherweise hatte sein Bruder das selbst in die Hand genommen. Und das war Martin aus mehreren Gründen unangenehm.

Er ging in sein Büro und wählte die Nummer des Autotelefons. Es dauerte eine Weile, bis Holger dranging. Er war mit dem Gerät nicht vertraut. »Apparat Martin Wenger.«

»Hier ist Marty. Du – ich sag's dir! Wenn ein Kratzer an den Wagen kommt. Wo bist du denn?«

Holger musste vor einer kleinen Brücke bremsen, weil ein Wagen entgegenkam. Dem Mädchen neben ihm fiel der Kopf auf die Brust. »Ich seh mir ein bisschen die Gegend an.«

»Welche Gegend?«

»Holz …«

»Mann! Lass den Quatsch. Du fährst da heute Abend nicht hin.«

»Mama ist da gestorben. Heute vor 29 Jahren. Ich will doch nur ein paar Minuten am Baum stehen.«

Dagegen wäre an sich nichts zu sagen gewesen. Aber es war eben nicht nur Holgers und Martins Mutter, mit deren Gedenken der Baum verbunden war. »Hör zu, Holger, ich will nicht drum herumreden. Es geht nicht nur um Mama, okay? Wir beide wissen, dass an diesem Baum noch mehr passiert ist.«

»Was hat denn das eine mit dem anderen zu tun?«

»Keine Ahnung, das weißt du allein.«

Holger schwieg.

»Ich mach mir einfach Sorgen, dass du das nicht verkraftest. Die Ärzte haben gesagt, du bist psychisch immer noch nicht ganz stabil.«

»Ja, ja. Vielleicht fahr ich auch nicht hin.«

»Lass es, versprochen?«

Holger gab einen unartikulierten Laut von sich, den Martin als Zustimmung deutete.

»Mal was anderes. Du warst im Hotel?«

»Äh …«

»Natürlich warst du im Hotel. Sonst hättest du den Wagen ja nicht.«

»Ja gut. Ich war im Hotel. Ich weiß, du hast gesagt, ich soll den Wagen nur …«

»Es geht nicht um den Wagen. Hast du Jenny getroffen?«

Holger sah zu dem Mädchen, das vor sich hinzudösen schien und langsam auf seine Schulter sackte. Er schob sie behutsam in eine aufrechte Position und überlegte, was er antworten sollte. Offenbar wusste Martin Bescheid. »Ja. Ich hab sie kurz getroffen.«

»Was habt ihr geredet?«

»Nichts Besonderes. Ich hab gesagt, ich bin dein Bruder. Und sie sagt, hi, ich bin die Jenny. Wie geht's und so solche Sachen. Wieso?«

»Eigentlich wollte ich dir noch was sagen, bevor du sie triffst. Ich hab dich nämlich ein bisschen angeschwindelt.«

»Inwiefern?«

»Als ich gesagt habe, sie hätte mich beschissen … es könnte sein, dass sie dir was anderes erzählt.«

»Ja, meinst du, ich glaub der Schlampe mehr wie dir?« Holger wurde laut.

»Holger! Jetzt reg dich doch nicht immer gleich so

auf. Außerdem … na ja, wie soll ich sagen … sie hätte nicht ganz unrecht.«

Holger war sichtlich irritiert. »Was heißt das?«

»Es war eigentlich umgekehrt.«

»Wie – umgekehrt?«

»Na, ich hab sie … betrogen. Nicht schlimm. Aber sie hat's rausgekriegt. Inzwischen hat sie's mir aber verziehen. Wir haben uns heute ausgesprochen. Ist also alles wieder im Lot, okay?«

Holger lenkte den Wagen an den Straßenrand und betrachtete mit offenem Mund das Mädchen neben sich, dessen lebloser Oberkörper sich wieder auf seine Seite zu neigen begann. Er schob das Mädchen mit einer Hand vorsichtig in Richtung Beifahrertür. Nach ein paar langen Sekunden fand er wieder Worte. »Hey Mann! Wieso … ich mein, wieso erzählst du mir so einen gottverdammten Mist? Heißt das, Jenny hat dich gar nicht …?«

»Genau so ist es. Ich bin das Schwein. Hier im Hotel laufen halt jede Menge scharfe Mädels rum. Mein Gott, ich bin auch nur ein Mann.«

Holger war den Tränen nahe. »Ich versteh das nicht. Wieso erzählst du dann … das ist doch … nicht in Ordnung!« Er warf einen kurzen, verzweifelten Blick auf das Mädchen neben sich. Das Licht einer Straßenlaterne fiel auf die Würgemale an ihrem Nacken.

»Das war aus der Situation raus. Du kommst grad aus'm Knast und sagst: Mensch Marty, jetzt lern ich endlich mal Jenny kennen. Hätt ich sagen sollen: Tja,

Pech. Die ist grad sauer auf mich, weil ich eine aus dem Service genagelt hab?«

»Aber da muss man doch nicht so eine verfickte Scheiße erzählen!!!«

»Holger! Du warst gerade acht Jahre im Knast. Weil … na ja, im Endeffekt weil deine Freundin dich betrogen hat. Du bist in diesen Dingen eben sehr empfindlich. Ich hab gedacht, wenn ich dir die Wahrheit sage, bin ich das letzte Schwein für dich. Und da hab ich halt irgendeinen Käse erzählt.«

Holger schwitzte und wagte nicht, nach rechts zu sehen. Er stellte den Motor ab und sank weinend auf das Lenkrad.

»Holger? Was ist denn los?«

»Nichts«, sagte Holger und versuchte, seine Fassung wiederzufinden.

»Sag mal – du hast Jenny doch nicht blöd angemacht deswegen?«

»Nein. Es ist nur … verstehst du, wenn du's mir gleich gesagt hättest, ich … ich hätte mich einfach anders verhalten.« Holger atmete schwer durch.

»Geht's dir nicht gut? Irgendwas ist doch.«

Holger versuchte, nicht zu hyperventilieren und umklammerte mit seinen zitternden Händen das Lenkrad. »Martin – ich muss dir was sagen …« Holger rang mit sich. Sollte er seinem Bruder die Wahrheit zumuten? Ihn damit zum Mitschuldigen machen, da er doch ihn, Holger, belogen und damit das tragische Missverständnis heraufbeschworen hatte, das wiederum zu der peinlichen Situation geführt hatte, in der Holger sich jetzt befand?

»Was musst du mir sagen?«, fragte Martin, nachdem Holger nichts mehr sagte.

»Es fällt mir wirklich schwer. Aber es geht nicht anders. Man … man kann die Wahrheit nicht ewig verdrängen.«

»Um was geht es denn, Herrgott noch mal?«

»Ja Martin, ich habe Jennifer getroffen. Und was dabei herausgekommen ist, wird dir nicht gefallen.«

»Nämlich?«

»Bitte versuche jetzt, das einfach mal ganz ruhig aufzunehmen.«

»Spuck's halt endlich aus!«

»Nun – um es kurz zu machen … Die Frau ist nicht gut für dich.«

Martin war leicht konsterniert. »Wie kommst du dazu, so was zu sagen? Du kennst sie doch überhaupt nicht.«

»Okay. Sie hat dich diesmal nicht beschissen. Aber das kannst du abwarten. Die … die kann morgen schon weg sein und du hörst nie wieder was von ihr. Taucht einfach nicht mehr auf.«

»Holger! Bitte!«

»Glaub's mir. Diese verdammten Blondinen – die sind so.« Holger schluckte und rang mit den Tränen. »Sabine war auch … blond.«

»Was redest du da eigentlich? Jenny ist brünett.«

Holgers Gesicht verzog sich in Unglauben. Er

blickte vorsichtig zu dem Mädchen und schaltete die Innenbeleuchtung ein. Die schulterlangen Locken hingen seitlich vom Kopf, der immer noch auf ihrer Brust lag, und verdeckten das Gesicht. Holger streckte seine Hand in Richtung der hellen Haare, wagte aber nicht sie zu berühren. »Sie ist nicht brünett«, sagte er ins Telefon. »Sie hat lange, aschblonde Locken.«

Martin dachte eine Weile über Holgers letzten Satz nach. Dann lachte er und schüttelte den Kopf. »Nein, nein. Jenny hat kurze, braune Haare. Wen du meinst, das ist die Jenny aus der Buchhaltung. Du … du hast doch nicht geglaubt, dass das meine Freundin ist?«

»Ich hab einfach nach Jenny gefragt. Und die kam aus deinem Büro. Gibt's da noch eine?« Eine entsetzliche Ahnung war dabei, sich zur Gewissheit zu verfestigen.

»Das glaub ich jetzt nicht! Du musst doch irgendwas gemerkt haben?«

»Die hat natürlich alles abgestritten. Ich denk noch: Klar, das passt. Die kleine Nutte! Bescheißt meinen Bruder und lügt mir ins Gesicht.«

»Was erzählt sie denn?«

»Irgendeinen Quatsch. Du wärst ihr unheimlich und würdest sie immer so komisch ansehen. So 'n Zeug. Ich dachte, die Alte tickt nicht richtig …«

Martin knipste gedankenversunken an einem Kugelschreiber herum. »Ja, hab ich schon von anderen Leuten gehört, dass die Geschichten über mich erzählt. Keine Ahnung, warum. Vielleicht will die was von mir und ich hab's nicht gecheckt. Weiß man ja nie bei Frauen.«

»Die ist nicht ganz sauber im Kopf, oder? Die ist doch krank!«

»Kann sein. Jetzt bring mal den Wagen zurück.«

Holger blickt zu dem Mädchen. »Du – ich brauch noch 'ne Stunde.«

»Ja, aber gib Gas, okay?«

Nachdem Martin aufgelegt hatte, bemerkte er, dass Jenny auf seiner Box war. Sie war noch bei ihren Eltern, wollte aber in Kürze zu ihm kommen. Martin rief sie an. Wie sich herausstellte, war Jenny den ganzen Tag nicht im Hotel gewesen und hatte auch Holger nicht getroffen. Martin atmete durch und freute sich auf einen Abend ohne weitere Komplikationen.

2. Akt

Holger hatte die junge Frau in den Kofferraum gelegt. Ebenso ihre Handtasche. Über den Kopf der Leiche breitete er einen Pullover. Dann überlegte er, ob er den Klappspaten schon herausnehmen sollte. Aber das hatte Zeit, bis man am Baum war. Diesmal würde er tiefer graben. So tief, dass kein Hund je irgendetwas finden würde. Holger fragte sich nicht, warum er das Mädchen dort begraben wollte. Der alte Ahornbaum war für ihn der Ort für die Toten. Das war so. Da musste man nicht fragen, warum. Holger drückte auf einen Knopf und der Kofferraumdeckel schloss sich mit leisem Summen. Der Föhn blies Holger ins Gesicht. Er sog die warme Luft tief ein und stieg wieder in den Wagen.

Die Benzinanzeige leuchtete seit geraumer Zeit. Als Holger den Wagen startete, fiel sie ihm wieder auf und er kam zu dem Schluss, es sei nicht gut, wenn der Wagen unterwegs stehen blieb. Der Reservekanister lag im Kofferraum hinter der Leiche. Es bereitete Holger einige Mühe, ihn hervorzuziehen, zumal er die Tote nicht ansehen mochte. Während das Benzin langsam aus dem Kanister in den Tank lief, lauschte Holger in die stürmische Nacht. Auf das Rauschen der Bäume und den Klang einer Kirchturmglocke, den der Sturm von irgendwoher mit sich trug. Als der Wind drehte, hörte Holger ein anderes Geräusch. Es klang wie das Schließen einer Autotür. Ganz nah schien es zu sein. Holger blickte auf.

Nur wenige Meter entfernt stand ein Streifenwagen, aus dem soeben zwei Polizisten ausgestiegen waren und jetzt auf Holger zukamen. Holger erschrak, ließ den Kanister fallen, eilte zum noch offenen Kofferraum und drückte den Knopf, der den Deckel endlos langsam nach unten fahren ließ. Er schloss gerade noch rechtzeitig, sodass die beiden Polizisten keinen Blick mehr in das Innere des Kofferraums werfen konnten.

»Guten Abend«, sagte der ältere der beiden Polizisten. »Frohe Weihnachten erst amal. Ich bin Polizeiobermeister Leonhart Kreuthner. Das ist mein Kollege Polizeimeister Schartauer.«

»Hallo. Frohe Weihnachten.« Holger lachte hektisch. »Ah je! Sie müssen arbeiten an Weihnachten?«

»Ja, diesmal hat's uns erwischt. Kann man ihnen helfen?«

»Wie? Nein. Ich hab grad ein bisschen Benzin nachgefüllt. Kein Problem.«

Kreuthner musterte Holger. Seine billige Jacke, das unrasierte Gesicht, die fettigen Haare – all das passte nicht zu dem Wagen. »Kennen wir uns?«, fragte Kreuthner. »Sie kommen mir irgendwie bekannt vor.«

»Nein. Nicht dass ich wüsste.« Doch auch Holger erinnerte sich jetzt an den Polizisten. Kreuthner hatte ihn vor neun Jahren verhaftet. Er sah Holger eine Weile an und schien zu überlegen. »Ja dann, schöne Weihnachten noch«, sagte Holger stieg in den Wagen.

»Zeigen S' uns doch mal ihre Papiere.« Kreuthner trat einen Schritt zurück, um einen Sicherheitsabstand zwischen sich und Holger zu bringen, und wies Schartauer mit einer Kopfbewegung an, sich so zu stellen, dass er eingreifen konnte, wenn es erforderlich werden sollte. Holger fand die Fahrzeugpapiere unter der Sonnenblende und reichte sie Kreuthner zusammen mit dem Führerschein. Der Polizist warf einen Blick in die Papiere.

»Sie sind nicht der Halter des Wagens?«

»Nein. Der gehört meinem Bruder.«

Kreuthner gab die Papiere an Schartauer weiter, der zum Streifenwagen ging.

»Kann ich mal den Verbandskasten und das Warndreieck sehen?«

Holger überlegte fieberhaft, was er tun konnte, aber es fiel ihm nichts ein. Und so tat er gar nichts.

»Was ist?«, fragte Kreuthner.

»Ich … ich weiß nicht, wo die Sachen sind. Ich fahr den Wagen das erste Mal.«

»Im Kofferraum vielleicht?«

Holger sah Kreuthner mit offenem Mund und immer noch ratlos an. »Im Kofferraum. Na klar.«

Kreuthner deutete auf einen Knopf, auf dem ein Auto mit offenem Kofferraum abgebildet war. Holger trat der Schweiß auf die Stirn, als er den Knopf betätigte. Der Polizist ging ans Wagenende, wo sich der Kofferraumdeckel mit sonorem Summen öffnete.

Kreuthner hielt seine Dienstpistole auf Holger gerichtet. »Steigen Sie aus dem Wagen. Hände aufs Autodach.« Kreuthner trat hinter Holger. Schartauer, der im Streifenwagen saß, bemerkte jetzt, dass etwas passiert war. »Beni! Komm her.«

Schartauer ging unsicher und irritiert zurück zum BMW. Kreuthner wies mit dem Kopf auf den offenen Kofferraum. Schartauer wurde bleich, als er die Leiche sah.

»Schau nach, wer das ist. Da liegt a Handtasch'n.«

Zögernd beugte sich Schartauer in den Kofferraum. Als er wieder auftauchte, hatte er die Handtasche in der Hand und suchte darin nach Papieren. Schließlich förderte er einen Personalausweis zutage und zeigte ihn Kreuthner. »Scheiß, verdammter. Das gibt's doch net«, murmelte Kreuthner, als er den Namen auf dem Ausweis las.

»Wieso is des jetzt schlecht, dass sie die Leiche is?«, wollte Schartauer wissen.

Kreuthner ging mit Schartauer ein paar Schritte zur Seite, sodass sie Holger noch im Blick hatten, er sie aber nicht mehr hören konnte. »Die war vorgestern auf'm Revier«, sagte Kreuthner leise.

»Aha?«

»Die hat ihren Chef angezeigt. Der is Geschäftsführer von irgendeinem Hotel in Egern.«

»Und wegen was hat sie ihn angezeigt?«

»Sie hat behauptet …« Kreuthner stockte und sah unwillkürlich zum Kofferraum des Wagens. »Sie hat behauptet, er will sie umbringen.«

Schartauer musste tief durchatmen. »Ja und?«

»Ich hab natürlich gedacht, die spinnt.« Kreuthner wies auf den Kofferraum. »Wer rechnet denn mit so was!« Er drückte Schartauer die Dienstwaffe in die Hand und ging zu Holger.

»Sie sind Hotelgeschäftsführer?«

»Ich? Nein, ich bin arbeitslos. Mein Bruder ist Hotelgeschäftsführer.«

Kreuthner betrachtete Holger eingehend und versuchte, sich zu erinnern, wo er den Mann schon mal gesehen hatte. »Sie fahren den Wagen heute das erste Mal?«

»Das ist richtig.«

»Ihr Bruder hat ihnen den Wagen einfach so gegeben?«

»Na ja«, Holger wurde etwas verlegen. »Ich sag mal so: Ich weiß wo der Schlüssel ist.«

»Das heißt, Sie haben sich den Wagen einfach genommen?«

»Ja, schon. Aber ich hab inzwischen mit meinem Bruder telefoniert. Er sagt, das ist okay.«

Die Polizisten tauschten einen bedeutungsvollen Blick.

»Ist irgendwas mit dem Warndreieck?«, fragte Holger, der spürte, dass sich die Dinge in eine für ihn günstige Richtung entwickelten und dieser Entwicklung durch ein hohes Maß an Harmlosigkeit auf die Sprünge helfen wollte.

»Wo ist Ihr Bruder im Augenblick?«

»Im Hotel. Er wartet, dass ich ihm den Wagen bringe.«

Kreuthner trat an Schartauer heran und flüsterte: »Wir brauchen sofort einen Haftbefehl für den Bruder.« Schartauer nickte, gab Kreuthner die Dienstwaffe zurück und entfernte sich in Richtung Streifenwagen.

»Sie können die Hände vom Dach nehmen«, sagte Kreuthner und wies Holger mit einer Geste an, zum Kofferraum zu gehen. Dort angelangt schreckte Holger beim Anblick der Leiche mit großer Geste zurück und rief aus: »Oh Scheiße! Wer ist das denn?«

Kreuthner stellte sich neben Holger und betrachtete die Leiche der blonden jungen Frau. »Eine Angestellte von ihrem Bruder. Die hat gestern Anzeige gegen ihn erstattet.« Er nahm Holger zur Seite. »Ich fürchte, Ihr Bruder steckt in Schwierigkeiten.«

Holger schüttelte ungläubig den Kopf, holte hektisch eine Zigarettenschachtel aus der Jacke, steckte sich eine Zigarette in den Mund und entzündete mit zitternden Händen ein Streichholz.

»Ich glaub, ich brauch auch eine«, sagte Kreuthner.

Holger gab ihm die Zigaretten und die Streichholzschachtel. »Ist das sicher, dass das mein Bruder war?«

»Sicher is gar nix. Aber das werma schon rausfinden. So wie die Leiche ausschaut, ist die voll mit DNA-Spuren. Wer immer das war, wir kriegen den Täter.«

»Aha«, sagte Holger und Besorgnis huschte über sein Gesicht.

Nachdem Kreuthner seine Zigarette angezündet hatte, warf er das brennende Streichholz auf den Boden, was unter normalen Umständen zu nichts weiter geführt hätte. Die Brandgefahr war im Winter gering. Was Kreuthner nicht wusste: Als Holger den Reservekanister hatte fallen lassen, war noch Benzin darin gewesen. Dieses Benzin war über die letzten Minuten hinweg ausgelaufen und hatte am hinteren Teil des BMW kleine Rinnsale gebildet. Neben einem solchen Rinnsal landete Kreuthners noch brennendes Streichholz. Die Benzindämpfe des Rinnsals entzündeten sich und in Sekundenschnelle lief das Feuer den kleinen Strom entlang unter dem Wagenboden hindurch auf die andere Seite und kletterte an Benzinresten, die am Autolack hafteten, zum noch offenen Benzintank hinauf. Obwohl sich Kreuthner und Holger schon 20 Meter vom Wagen entfernt hatten, wurden sie von der Explosion auf die andere Straßenseite geschleudert, wo sie in einem großen Schneehaufen landeten und bis auf leichte Verbrennungen unverletzt blieben.

Epilog

Der Wagen mit der Leiche brannte infolge der Explosion vollständig aus. DNA-Spuren konnten daher nicht mehr gesichert werden. Dennoch wurde der Hotelgeschäftsführer Martin Wenger in der gleichen Nacht verhaftet. Im Keller seines Hauses fand man die Leichen von vier weiteren jungen Frauen, die in den letzten Jahren auf ungeklärte Weise verschwunden waren. Martin Wenger wurde wegen fünffachen Mordes zu lebenslanger Haft verurteilt. Sein Bruder Holger Wenger lebt heute als Barkeeper in München und hat seine unglaubliche Geschichte an einen Buchverlag verkauft.

Oliver Pötzsch

Heiliger Zorn

Als der Maler Georg Asam an diesem Morgen des 16. Juni anno domini 1692 die Tegernseer Pfarrkirche St. Quirinus betrat und beinahe in einer Lache Blut ausrutschte, wusste er, dass er mit der Vollendung des Wasserwunders noch ein wenig warten musste.

Die Leiche lag in der Vorhalle, unweit der Eingangstür, und ihre gebrochenen Augen starrten direkt auf die teils noch unvollkommenen Fresken, die Asam in den nächsten Wochen fertigstellen wollte. Keines der vier abgebildeten Wunder des Heiligen Quirin hatte dem Mann darunter geholfen. In fleckigem Rock und knielangen, löchrigen Hosen versperrte er den Zugang zum Hauptschiff der Kirche. Die billige Perücke war ihm vom Kopf gerutscht, darunter zeigten sich ein grauer Haarkranz und eine hühnereigroße, blutige Delle. Angeekelt und gleichzeitig ängstlich glotzten die Mönche auf die rötlich schimmernde, eingetrocknete Pfütze, die das Haupt der Leiche wie einen Heiligenschein umgab.

Georg Asam legte die Palette mit den frisch angerührten Kalkfarben zur Seite und versuchte, sich nicht zu übergeben. Mühsam folgte er den leisen Gesprächen der Benediktiner.

»Mein Gott, ein Toter unter den Wundern unseres Heiligen Quirin!«, murmelte einer der Novizen und schlug ein Kreuz. »Was für ein Frevel! Der Herr sei uns gnädig!«

»Der Teufel hat sich in unsere Kirche geschlichen«, flüsterte ein anderer, dicklicher Mönch mit blassem Gesicht. »Wir müssen sofort die Räume ausräuchern und den Satan vertreiben.«

»Ungläubige Narren!« Die Stimme, die sich nun meldete, klang tief und befehlsgewohnt. Sie gehörte dem Abt Bernhard Wenzl, der sich durch die Reihen der Benediktiner schob und kopfschüttelnd auf die Leiche zeigte. »Erkennt ihr nicht mal ein Wunder, wenn es direkt vor euch liegt?« Seine kleinen, schweinsähnlichen Augen funkelten, während er sich immer mehr in Rage redete. »Dieser Tote hier ist kein anderer als der verruchte Reliquienhändler Georg Ayndorfer! Der Mann, der mit seiner falschen, weinenden Quirinsstatue den Leuten das Geld aus der Tasche zieht und so den Heiland lästert. Der Heilige selbst hat ihn in seinem Zorn bestraft! Kniet nieder!«

Beinahe im gleichen Moment fielen die Mönche auf die Knie und begannen mit geschlossenen Augen zu beten, wobei sie immer wieder blinzelten und neugierig den toten Händler musterten, den der Zorn ihres Ortsheiligen so grausam niedergestreckt hatte. Nur

Georg Asam blieb stehen und betrachtete unschlüssig den zerschmetterten Schädel der Leiche. Mittlerweile hatte sich sein Magen wieder etwas beruhigt. Der Maler trug über seinem wattierten braunen Samtrock eine mit Farbtupfern bekleckerte Schürze, die so gar nicht zu der gepuderten, sündhaft teuren Alonge-Perücke passen wollte. Obwohl er mittlerweile über vierzig Jahre zählte, war sein Spitzbart nach wie vor tiefschwarz, die Augen leuchteten neugierig wie die eines Knaben.

»Wieso seid Ihr so sicher, dass es der Heilige Quirin war, der hier gewütet hat?«, fragte er den Abt, der ungehalten in seinem Beten innehielt.

»Ich bitte Euch!«, zischte Bernhard Wenzl. »Die Zeichen sind doch offensichtlich. Ist heute nicht der 16. Juni, also der Tag, an dem wir der Überbringung von Quirins Leichnam nach Tegernsee gedenken? Ein Feiertag mit Markt und Festen, den dieser Halunke für seine finsteren Zwecke ausnutzen wollte! Und nun finden wir ihn hier tot unter den vier Wundern des Heiligen. Was braucht Ihr noch? Engel? Posaunen? Das Jüngste Gericht?« Abt Wenzl stand schnaufend auf und tupfte sich mit einem Spitzentuch den Schweiß von der Glatze. »Ich werde noch heute nach Rom schreiben und mir dieses Wunder bestätigen lassen. Es wird unserer kleinen Gemeinde helfen, wieder mehr Pilger anzuziehen. Bis die Abgesandten des Papstes kommen, müssen die Arbeiten in der Kirche natürlich ruhen.«

»Ruhen?« Georg Asam sah ihn entsetzt an. »Aber das kann ja Wochen, wenn nicht Monate dauern! Solange kann ich nicht warten. Ich habe Familie und …«

»Wollt Ihr etwa bezweifeln, dass es sich hier um ein Wunder handelt?«, fiel ihm der Abt ins Wort.

Georg Asam zuckte mit den Schultern und sah sich in der Vorhalle um. »Ich zweifle nicht, ich frage«, murmelte er.

Plötzlich hielt er inne und deutete auf den rechten Türflügel des Eingangsportals. An der Klinke waren einige Tropfen Blut zu sehen.

»Wie passt das zu Eurem Wunder?«, fragte Asam den Abt, der näher gekommen war. Beide konnten sie jetzt rostrote, getrocknete Flecken auf den Stufen erkennen. »Hat der mächtige Quirin den Händler vor der Kirche niedergeschlagen und ihn dann hier in die Vorhalle getragen, damit er ein letztes Mal seine Werke bewundern konnte?«

»Die Wege des Heiligen sind unergründlich«, erwiderte Bernhard Wenzl ein wenig betreten. Nun hatten auch die übrigen Mönche das Blut gesehen. Vielen von ihnen flüsterten Gebete und bekreuzigten sich, Angst stand in ihren Gesichtern.

»Hört zu, Asam«, zischte Wenzl. »Wunder oder nicht. Ich kann mir hier keinen Aufruhr leisten. Nicht heute, am Tag des Heiligen Quirin, wo ganz Bayern bei uns zu Gast ist. Ich gebe Euch meinethalben drei Stunden, um herauszufinden, was es mit dieser Leiche auf sich hat. Danach erkläre ich den Vorfall zum Wunder und schicke nach dem päpstlichen Legaten.« Berhard Wenzl drehte sich abrupt um und machte sich auf den Weg nach hinten in die Apsis. Nach einigen Metern blieb er jedoch stehen. »Eure aufwendigen Malereien fressen mir ohnehin noch die letzten Haare vom Kopf!«, tönte der Abt durch die Kirche. »Blattgold, Marmor, teure Farben! Vielleicht ist es ganz gut, wenn wir alle einen Augenblick innehalten!« Krachend schloss sich die Türe zur Sakristei.

Georg Asam seufzte und verstaute die Farbpalette auf einem der vielen Gerüste im Hauptschiff der Kirche, dann wischte er sich die kalkweißen Hände an der Schürze ab.

Eigentlich war er, der hochgelobte und vom Kurfürsten höchstpersönlich protegierte Kirchenmaler, ja heute früh aufgestanden mit der festen Absicht, das Fresko des vierten Wunders fertigzustellen. Ein Bild, das die Stelle zeigte, an dem bei der Überführung der Reliquien einst eine heilige Quelle aus dem Boden gesprudelt war. Was das Wasser betraf, hatte Asam sich nach langem Ringen für ein warmes Aquamarinblau entschieden, das hervorragend mit dem Weiß des italienischen Stucks harmonieren würde. Doch Asams Gedankenspiele waren die ganze Nacht hindurch vom Plärren des kleinen Egid Quirin gestört worden. Der drei Monate alte Säugling war nicht zu beruhigen gewesen und hatte schließlich den sechsjährigen Bruder Cosmas Damian aufgeweckt. Asams

Frau hatte ihren Gemahl letztendlich dazu verdonnert, mit Egid in der Stube auf und ab zu marschieren und ihn in den Schlaf zu summen, während ihm ständig neue Farbkompositionen eingefallen waren.

Georg Asam schüttelte gedankenverloren den Kopf. Es war wahrlich nicht leicht, ein erfolgreicher, bayernweit bekannter Kirchenmaler und gleichzeitig zweifacher Vater zu sein. Die Kinder greinten, der Abt knauserte mit dem Geld, und jetzt lag unter seinen Fresken auch noch ein Toter!

Mit einem leisen Fluchen auf den Lippen begab sich Georg Asam nach draußen vor die Kirche, wobei ihm in einigem Abstand eine Gruppe neugieriger, tuschelnder Mönche folgte. Immer wieder tauchten auf dem kiesigen Boden rostrote Spritzer auf. Links lag der See, der im Licht der morgendlichen Sonne zu funkeln schien. Doch Asam wandte sich nach rechts, wo das klösterliche Brauhaus an die Kirche anschloss. Hier, an einer Ecke des Wirtshauses, befand sich ein besonders großer Fleck. Ein Blumenkübel war umgekippt, Scherben lagen verteilt überall auf dem Boden.

»Hier hat ganz offensichtlich ein Kampf stattgefunden«, murmelte der Maler und deutete auf das eingetrocknete Blut. »Man kann auch Spuren von einem … nein, zwei Menschen erkennen.« Er zog ein zerfleddertes, handtellergroßes Skizzenbuch hervor und begann die Spuren abzuzeichnen. »Wahrscheinlich ist der Reliquienhändler genau an dieser Stelle erschlagen worden.«

»Allmächtiger! Der Heilige Quirin hat mit ihm gerungen und ihn zu Boden geworfen!«

Der dickliche, blasse Mönch fiel auf die Knie und ließ den Rosenkranz durch die Finger gleiten. Georg Asam sah ihn mitleidig an, dann wandte er sich an die Umstehenden.

»Weiß jemand, wo sich dieser Ayndorfer gestern Abend aufgehalten hat?«, fragte er in die Runde.

Zaghaft meldete sich ein Novize. »Ich sah ihn mit zwei anderen Reliquienhändlern in der Wirtsstube. Die haben ganz schön gezecht und auch gestritten.«

»Gestritten?«

Der Novize zuckte mit den Schultern. »Ich hab nur den Krug Abendbier für den Abt geholt. Da ging's ziemlich laut zu am Tisch. Verstanden hab ich nichts.«

»Wo sind diese zwei Reliquienhändler denn jetzt?«, fragte Georg Asam ungeduldig.

»Sie haben ein Zimmer über dem Brauhaus genommen«, murmelte ein weiterer Mönch. »So wie die gestern gesoffen haben, sind die noch nicht wieder auf den Beinen.«

»Dann bringt sie mir schleunigst runter«, sagte Georg Asam und öffnete die Tür zur Braustube. Ein Dunst aus abgestandenem Bier und der Geruch frisch gebrühter Würste wehte ihm entgegen. »Vielleicht ist unser großes Wunder ja nichts weiter als ein Mord unter ein paar betrunkenen Halsabschneidern.«

Es dauerte ein Weile, bis die Mönche die zwei Reliquienhändler nach unten in die Wirtsstube geschafft hatten. Die beiden hageren Männer sahen sich ängstlich um, während sie an einen Tisch im hinteren Teil des Gewölbes bugsiert wurden. Beide trugen struppige Bärte und zerzaustes Haar, ihre fleckigen Leinenhemden hatten sie nur notdürftig in die Hosen gesteckt. Georg Asam nahm ihnen gegenüber Platz und roch ihre Fahne quer über den Tisch. Es war offensichtlich, dass die Reliquienhändler bis spät in die Nacht gezecht hatten.

»Ich will es kurz machen«, sagte Asam, klappte sein Skizzenbuch auf und fing an, ganz beiläufig kleine Putten hineinzumalen. »Man hat euren Kollegen Georg Ayndorfer tot in der Kirche gefunden. Habt ihr irgendwas damit zu tun?«

Den zwei Männern blieb der Mund offen stehen, ihre Überraschung schien nicht gespielt zu sein.

»Der Ayndorfer tot?«, murmelte der eine von ihnen. Er trug eine Klappe über dem linken Auge, das andere Auge zuckte nervös hin und her. Schließlich hatte er sich wieder gefasst. »Geschieht ihm nur recht, dem alten Aufschneider«, knurrte er. »Wer abends so laut von seinem Geld tönt, braucht sich nicht zu wundern, wenn er am nächsten Morgen in seinem eigenen Blut liegt.«

»Ich hab damit nichts zu tun, so wahr mir Gott helfe!«, meldete sich der andere. Im Gegensatz zu seinem Kollegen machte er einen gepflegteren Eindruck. Mittlerweile hatte er sich eine verfilzte Perücke aufgesetzt, die ein wenig an einen toten Pudel erinnerte. »Ich bin ein ehrsamer Steinölhändler aus Wiessee«, verkündete der Händler und zog die gepuderten Augenbrauen nach oben. »Mit Scharlatanen wie dem Ayndorfer hab ich nichts zu schaffen!«

Georg Asam nickte. Ihm war bekannt, dass auf der anderen Seite des Sees sogenanntes Quirinsöl aus dem Boden sprudelte, dem man eine heilende Wirkung zuschrieb.

»So, so, ein ehrsamer Händler also«, murmelte der Maler und zeichnete weiter in sein Skizzenbuch. »Und was hat so einer dann am Tisch mit einem Halunken wie dem Ayndorfer verloren?«

Der Ölhändler schwieg betreten, doch sein Kollege kam ihm zu Hilfe.

»Der Ayndorfer hatte gestern die Spendierhosen an!«, krähte er. Georg Asam erkannte nun, dass ihm fast alle oberen Schneidezähne fehlten. »Im Grunde wollte er nur angeben. Hat immer wieder geprahlt, was er mit seiner Statue schon alles verdient hat. Da haben wir uns halt einladen lassen, aber irgendwann ist es uns zu bunt geworden, und wir sind gegangen.«

»Nichts da!«, brummte eine tiefe Stimme von weiter hinten. »Rauschmeißen musst ich euch alle drei. Sonst hättet ihr doch noch bis morgen gesoffen!«

Georg Asam drehte sich um und erkannte einen breitgebauten Mann mit schmutziger Schürze und verschränkten Armen so mächtig wie Eichenstämme. Der Maler sah den Hünen neugierig an, bis dieser schließlich zögernd näher kam und seine gewaltige rechte Pranke ausstreckte.

»Jakob Geltinger«, knurrte er. »Ich bin hier der Schankwirt. Hab die drei Burschen den ganzen Abend beobachtet, wie sie sich wüst beschimpften und derweil meine Vorräte leer gesoffen haben.«

Asam bat den Wirt Platz zu nehmen, dann richtete er das Wort an ihn.

»Ausgezeichnet, so könnt Ihr mir sicherlich sagen, was es mit dieser merkwürdigen Statue auf sich hat.« Der Maler rieb sich seine vom Händedruck immer noch schmerzende rechte Hand. »Ich habe langsam das Gefühl, dass sie in unserem Stück eine wichtige Rolle spielt.«

Jakob Geltinger ließ mit einem Fingerschnippen zwei Maß Dunkelbier kommen, während er Asam die Hintergründe erklärte.

»Der Ayndorfer zieht nun schon seit Jahren mit dieser Statue vom Heiligen Quirin durch die Lande«, brummte er. »Es heißt, dass sie immer am 16. Juni weint, also genau an dem Tag, an dem seine Überreste nach Tegernsee gebracht wurden. Eine Menge Leute zahlen dafür, dass sie dieses Wunder in seinem kleinen Karren auf dem Marktplatz bestaunen dürfen. Außerdem verkauft er Splitter vom Heiligen Kreuz, Fetzen vom Kopftuch der Heiligen Maria und die Knöchelchen von gleich einem Dutzend Heiligen.«

»Tierknochen sind's!«, warf der Händler mit der Augenbinde ein. »Ich hab's dem Ayndorfer auf den Kopf zugesagt! Ganz anders als mein Pulver, das aus der geriebenen Kinnlade des Heiligen Paulus hergestellt wurde. Es vertreibt die Pest, und …«

»Haben sich diese Herren denn gestritten?«, unterbrach ihn Georg Asam und sah den Schankwirt fragend an.

»Das kann man wohl sagen«, knurrte Jakob Geltinger. »Jeder hat die Reliquien vom anderen einen Dreck genannt.« Er trank einen großen Schluck dunkles Bier, bevor er weitersprach. »Aber Dreck hin oder her, der Ayndorfer war jedenfalls der einzige, der mit seiner Statue wirklich gut verdient hat. Kein Wunder, dass ihm die beiden den Hinterkopf eingeschlagen haben. Wahrscheinlich haben sie das Geld irgendwo vergraben.«

»Bei allen Heiligen, ich hab damit nichts zu tun!«, jammerte der Ölhändler.

Der andere Hausierer spuckte derweil Gift und Galle. »Uns kleine Leute kann man ja schnell an den Galgen bringen, nicht wahr?«, keifte er. »Hochfahrendes Pack! Nur weil wir mit dem Prahlhans gesoffen haben, sind wir noch lange keine Mörder!«

»Wir werden sehen«, murmelte Georg Asam. Er schlug das Buch mit seinen Skizzen zu und stand auf. »Es ist wohl das beste, wenn wir uns den Karren von diesem Ayndorfer mal genauer ansehen. Vielleicht finden wir dort einen Hinweis auf sein Geld.« Flüsternd wandte er sich an den stämmigen Schankwirt. »Wäre es möglich, dass Ihr uns begleitet? Ich möchte nicht, dass sich unsere zwei Hauptverdächtigen plötzlich aus dem Staub machen.«

Geltinger zögerte kurz, schließlich nickte er. »Das lässt sich einrichten.« Mit einem einzigen tiefen Zug trank er sein Bier aus und wischte sich die Hände an der Schankschürze ab. »Mittags sollte ich allerdings wieder zurück sein. Dann wird es hier nämlich ziemlich voll werden.«

Es ging auf neun Uhr vormittags zu, als sie sich dem Tegernseer Marktplatz näherten. Die Vorbereitungen zum Fest des Heiligen Quirin waren bereits in vollem Gange. Überall standen Buden, in denen Händler dampfende Pasteten, Schmalznudeln und Konfekt feilboten. Die Jesuitenpatres hatten eine Bühne aufgebaut, auf der in einigen Stunden ein farbenprächtiges Martyrium zu sehen sein würde. Gaukler sangen oder jonglierten mit Bällen, die Leute flanierten in ihrer Sonntagstracht am Seeufer und warfen den Enten Brotstücke zu.

Zwischen all den Ständen tauchten immer wieder einzelne kleine Buden auf, die vollgehängt waren mit Amuletten der Jungfrau Maria, silbernen Fraisenketten und kleinen Wachsmarterln. Die meisten von ihnen zeigten Quirin in den verschiedenen Stationen seines Lebens bis hin zu seiner grausigen Enthauptung in den Kerkern Roms. Es gab Quirinspuppen aus Stoff, Quirinsbreverl, Quirinssalbentiegel – und natürlich das beliebte Steinöl aus dem benachbarten Wiessee, das bei Fieber, Ausschlag und Augenleiden helfen sollte.

»Das da drüben ist mein Stand«, knurrte der Reliquienhändler mit der Augenklappe und deutete auf eine kleine, schiefe Bude am Rande des Platzes. »Ich hab einen Schädel der Heiligen Binosa, den die Leute für einen Kreuzer berühren dürfen. Aber seitdem der Ayndorfer mit seiner weinenden Statue da ist, will von meiner Binosa keiner mehr was wissen. Und mein Pauluspulver kann ich genauso gut in den See kippen! Es ist zum aus der Haut fahren!«

»Sieht ganz so aus, als müssten wir uns beeilen«, bemerkte Georg Asam trocken. Er wies auf eine Menschenmenge, die sich vor einem überdachten Karren versammelt hatte. »Sonst ist auch von der Quirinsstatue nur noch Pulver übrig.«

Gemeinsam mit dem stämmigen Schankwirt bahnten sie sich einen Weg durch die lärmende Menge, bis sie schließlich am Wagen ankamen. Es war ein alter Gauklerkarren, mit festen hölzernen Wänden und einem mit Tüchern bespannten Dach. Eine kleine Leiter führte zu einer klapprigen Tür an der Hinterseite. Sie lehnte schief in den Angeln, der Riegel war zersplittert; ganz offensichtlich war sie aufgebrochen worden. Unterhalb der Leiter lag an einer Kette ein großer schwarzer Hund, dem die Zunge aus dem Maul hing. Eine Lache von Speichel und Erbrochenem hatte sich um ihn ausgebreitet. Erst auf den zweiten Blick bemerkte Asam, dass der Hund tot war.

»Verflucht, wir kommen zu spät«, brummte der Schankwirt Geltinger. »Da hat offenbar schon jemand vor uns gesucht.«

Die Leute musterten sie schweigend, schließlich richtete Georg Asam das Wort an sie.

»Kann mir irgendjemand sagen, was hier vorgefallen ist?«, fragte er.

Ängstlich tuschelten die Tegernseer untereinander, endlich meldete sich ein älterer, buckliger Mann zu Wort. »Der Zorn Quirins hat in diesen Wagen eingeschlagen!«, jammerte er. »Bei Gott, wir haben nur ganz vorsichtig reingeschaut, da drin hat wahrlich ein heiliges Gewitter gewütet.«

Georg Asam stieg die schmale Leiter empor und schaute in das Innere des Wagens. Der alte Mann hatte nicht gelogen, vor Asam breitete sich ein unüberschaubares Chaos aus.

Der Reliquienhändler Georg Ayndorfer hatte den Karren zu einer Art Kapelle ausgebaut, mit schmalen Gebetsbänken und einem aus Fichtenholz gezimmerten Altar an der Kopfseite. Doch die Bänke waren fast alle umgefallen und teilweise zersplittert. Die roten Tücher an den Wänden und an der Decke waren aufgeschlitzt und zu Boden geworfen worden. Der Inhalt einer Truhe lag verstreut im Wagen, darunter Kleider, Kerzen, Tuchfetzen, modrige Knochenstücke und ein kupferner, grünlich schimmernder Tabernakel.

Auf dem Altar stand unberührt die Statue des Heiligen Quirin.

Sie war aus Ton gefertigt, trug aber darüber die Kleider eines römischen Offiziers. Auf dem Kopf thronte ein Lorbeerkranz, die Hände hielten jeweils einen Palmzweig und ein Schwert. Georg Asam musterte sie genauer und hielt kurz den Atem an.

Aus den Augen der Statue rann eine rötliche Flüssigkeit.

»Mein Gott, Blut!« Der einäugige Hausierer und der Steinölhändler waren hinter Georg Asam in den Wagen getreten. Als sie die Figur und das Rinnsal sahen, fielen sie beide auf die Knie. »Der Heilige weint Blut! Das ist ein Zeichen!«, wimmerte der Ölhändler und bekreuzigte sich.

Auch einige der Leute vor dem Karren hatten mittlerweile ins Innere geblickt und das Blut in den Augen gesehen. Schnell machte das Gerücht vom Wunder Quirins die Runde.

»Der Heilige weint Blut!«, schrien die Tegernseer. »Er hat den sündigen Ayndorfer gerichtet!«

»Nieder mit den Reliquienhändlern!«, brüllte ein fetter Zimmerer. »Sie machen die Gebeine der Märtyrer zu Geld und spucken auf ihr Andenken!«

Die beiden Händler drängten sich ganz nah an Georg Asam. »Helft uns!«, flehte der einäugige Hausierer. »Bevor sie uns am Maibaum aufhängen!«

»Erst, wenn ihr unter Eid schwört, dass ihr nichts

mit diesem sogenannten Wunder zu tun habt«, sagte Asam.

»Wir schwören es bei allem, was uns heilig ist!«

»Das wird nicht viel sein«, knurrte der Schankwirt, der hinter ihnen den Wagen betreten hatte. »Gebt doch endlich zu, dass ihr zwei den Hund erdrosselt und dann nach dem Geld gesucht habt! Wahrscheinlich finden wir auf den Altartüchern in der Truhe noch die Abdrücke eurer schmutzigen Pratzen!«

»Nein, bei Gott nein! Ich schwöre …«

Doch Georg Asam winkte ab. Er drehte sich zu der Menge vor dem Karren und bat wild gestikulierend um Ruhe. »Wir werden alles aufklären!«, rief er vom Karren herab. »Seid so gut und holt jetzt die Büttel. Ich werde mir das Wunder in der Zwischenzeit genauer ansehen.« Als sich die Tegernseer ein wenig beruhigt hatten, wandte Asam sich an den Schankwirt.

»Schließt den Wagen, soweit das möglich ist. Wir wollen nun sehen, was es mit diesen blutigen Tränen wirklich auf sich hat.«

Jakob Geltinger zog die Tür zu und versperrte sie mit einem herausgebrochenen Balken. Die Schreie der Menge waren nur noch gedämpft zu hören.

»Ich hoffe, der Heilige nimmt es mir nicht übel, wenn ich ihm ein wenig auf den Zahn fühle«, murmelte Georg Asam, näherte sich dem gezimmerten Altar und nahm behutsam die Statue in die Hände.

»Vorsicht!«, rief der Steinölhändler. »Euch könnte der Zorn Quirins treffen!«

»Wohl eher der Zorn Ayndorfers«, erwiderte Asam. »Aber der ist ja nun leider tot. Ich frage mich bloß, wer den Händler tatsächlich umgebracht hat. Der Heilige etwa?« Seine langen, grazilen Finger streichelten das Haupt Quirins. Plötzlich fuhr er hoch und musterte die beiden zitternden Hausierer.

»Vielleicht aber doch dieser so ehrenhaft auftretende Steinölhändler und sein Kollege mit dem Pauluspulver … Ihr beide wusstet, dass Ayndorfer viel Geld verdient hatte, und beide wart ihr nicht gut auf ihn zu sprechen.« Asam wog bedächtig den Kopf. »Zuerst dachte ich ja wirklich, dass ihr den Mord gemeinsam begangen habt …«

Der Steinölhändler wich schutzsuchend bis zur Wand des Wagens zurück. »Bei der Heiligen Jungfrau Maria, niemals!« Der andere Hausierer murmelte einen leisen Fluch und spuckte auf den Boden.

»Aber es waren ja nur die Spuren von zwei Männern draußen vor der Kirche zu sehen«, fuhr Asam ungerührt fort. »Von Ayndorfer und dem Mörder.« Er zog sein Skizzenbuch hervor und begann darin zu blättern. »Wenn es aber nur einer von euch war, wie hat er es angestellt? Schließlich seid ihr beide nicht besonders kräftig, außerdem wart ihr schwer betrunken. Und warum sollte sich der Täter die Mühe machen, die Leiche in der Kirche zu verstecken? Doch wohl nur …« Asam zögerte kurz, bevor er weiter sprach. »Wenn der eigentliche Tatort den Täter verraten hätte.«

Plötzlich wandte Georg Asam seinen Kopf dem Schankwirt zu. Die Augen des Malers musterten Geltinger, als wäre dieser ein Modell für ein Gemälde von Dantes Inferno. »Das war Blut an Eurer Schürze heute früh, nicht wahr?«, flüsterte Asam. »Ihr habt versucht, es wegzumachen. Doch ich kenne die Farbe zu gut. Mit Ochsenblut, Kalk und Wasser erziele ich beim Malen die gleiche blasse Wirkung. Ihr seid mit der Schürze am frischen Kalk in der Kirche hängen geblieben.«

Das Gesicht Jakob Geltingers wurde aschfahl. »Ich … ich weiß wirklich nicht, wovon Ihr sprecht«, stammelte er.

»Nur Ihr seid stark genug, einem Mann den Schädel einzuschlagen und ihn dann innerhalb kürzester Zeit in die Kirche zu tragen«, fuhr Georg Asam fort. »Nur Ihr hattet ein Interesse daran, dass die Leiche vor dem Wirtshaus verschwand, um keinen Verdacht auf Euch zu lenken.«

Jakob Geltinger schüttelte den Kopf und lachte gequält. »Vermutungen, nichts als Vermutungen! Wo sind die Beweise, Kirchenmaler?«

Georg Asam klappte sein Skizzenbuch auf und begann daraus zu zitieren. »Im Brauhaus habt Ihr erwähnt, dass Ayndorfer der Schädel eingeschlagen wurde. Wie konntet Ihr das wissen, wo Ihr doch den Toten nicht gesehen habt?«

»Die Mönche ...«, erwiderte Geltinger stockend. »Die Mönche haben es mir erzählt.«

»Ach?« Der Maler blätterte die Seite in seinem Buch um. »Die gleichen Mönche vermutlich, die Euch erzählt haben, dass der Hund nicht vergiftet, sondern erdrosselt wurde. Ihr wart schon einmal hier. Gebt es zu!«

»Niemals, bei Gott, hab ich diesen Karren von innen gesehen!«

»Dabei wisst Ihr aber sehr gut über sein Inneres Bescheid.« Georg Asam steckte das Buch weg, ging zu der Truhe und zog ein feines, weißes Altartuch heraus. »Oder weshalb sonst war Euch bekannt, dass sich in diesem Kasten Altartücher befinden, wie Ihr es vorher noch behauptet habt?«

Einen kurzen Moment herrschte Stille, in der nur das gedämpfte Murmeln der Menge draußen zu hören war. Der stämmige Schankwirt presste die Lippen aufeinander, dann wandte er sich abrupt dem Ausgang zu und zerrte verzweifelt an dem Balken. Nur einen Augenblick später war von draußen das Geräusch vieler marschierender Stiefel zu hören, jemand klopfte an die versperrte Türe, und eine polternde Stimme ertönte.

»Im Namen des Bürgermeisters, sofort aufmachen da drin!«

»Geduldet euch noch einen kleinen Moment!«, rief Georg Asam. »Wir kommen gleich.« Er wandte sich wieder an den Schankwirt, der sich verzweifelt nach einer weiteren Fluchtmöglichkeit umsah.

»Ich habe nach den Bütteln schicken lassen«, sagte Asam leise. »Schon, als wir das Brauhaus verließen und ich einen ersten Verdacht hatte. Gebt besser auf, Geltinger. Ihr macht alles nur noch schlimmer.«

Der Schankwirt kniete auf der einzig erhaltenen kleinen Kirchenbank nieder und raufte sich die Haare. »Ja doch, ich geb es zu«, murmelte er. »Ich hab den Ayndorfer umgebracht. Aber so wahr mir Gott helfe, es war keine Absicht!« Er begann zu schluchzen. »Das neue Brauhaus, die Pacht, der fürstliche Bierzins … Die Schulden fressen mich auf. Als dann dieser räudige Reliquienhändler mit seinem Geld geprahlt hat, hab ich plötzlich wieder Hoffnung geschöpft. Ich bin ihm nach draußen vor das Brauhaus gefolgt und hab ihn dort niedergeschlagen. Es sollte nach einem Raub aussehen, aber dann hab ich wohl zu fest mit dem Fassschlegel zugehauen.« Jakob Geltinger lachte verzweifelt, sein mächtiger Brustkorb schien zu beben. »Aber ich schwöre, er hatte überhaupt kein Geld bei sich! Es war alles umsonst! Also hab ich die Leiche in die Kirche geschleppt, damit keiner Verdacht schöpft und bin runter zum Marktplatz. Ich hab den Köter erwürgt, den Wagen aufgebrochen und alles durchsucht!« Er schlug auf die Kirchenbank ein. »Dieses verdammte Geld ist einfach verschwunden!«

Georg Asam legte den Kopf schräg und beäugte den Schankwirt fast mitleidig. »Ob ihr den Ayndorfer nur ausrauben oder schlicht umbringen wolltet, das sollen andere entscheiden, nicht ich«, sagte er schulterzuckend. »Was das Geld angeht … Ich gebe zu, Ihr habt hier alles gründlich untersucht. Alles, nur eines nicht.« Er spielte mit der Statue in seinen Händen. Plötzlich herrschte eine fast unwirkliche Stille.

»Mein Schwiegervater, der kurfürstliche Hofmaler Nikolaus Prugger, hat mir einmal erzählt, wie man so einen Heiligen weinen lässt«, fuhr Asam fort. »Man muss sich dafür nur ein bisschen mit Farben auskennen. Wollt Ihr wissen, wie es geht?«

Dem Schankwirt blieb der Mund offen stehen, auch die zwei Reliquienhändler starrten ihn gebannt an. Als keiner etwas sagte, begann Georg Asam fast beiläufig zu berichten, ganz so, als würde er ein paar Malerlehrlingen etwas erklären.

»Man formt aus Lehm eine hohle Statue, brennt sie, füllt den Hohlkörper mit Wasser und lasiert das Äußere. Nur die Augen bleiben frei, dort darf keine versiegelnde Farbe sein. Dann wartet man ein Weilchen, und siehe da, das Wasser dringt durch die porösen, tönernen Augen, und die Statue weint. Kein Wunder, sondern ein einfacher physikalischer Vorgang.«

Noch immer herrschte Stille in dem Wagen, keiner wagte zu sprechen. Nur von draußen ertönte weiterhin das Gemurmel der Menge.

»In der Statue ist … Wasser?«, fragte schließlich der Steinölhändler vorsichtig nach.

Georg Asam nickte. »Wasser, das nach außen dringt. Simpel, nicht wahr? Aber warum, in Gottes Namen, weint Quirin nun Blut, wo er das doch sonst nie getan hat?« Er wischte mit seinen langgliedrigen Fingern über die Augen des Heiligen und betrachtete die Flüssigkeit. »Das brachte mich schließlich zum Versteck. Denn wenn wir genau sind, ist das hier kein rotes Blut, es ist eher …« Der Maler roch daran und verzog die Mundwinkel. »Rötlich, fast braun. Rostrot eben. Rost von etwas, das in der Statue versteckt ist.«

Plötzlich hob Georg Asam die Figur mit beiden Händen in die Höhe und schmetterte sie mit aller Kraft zu Boden.

»Nicht!«, rief der Steinölhändler. »Das ist Kirchenschändung! Ihr werdet …«

Doch es war zu spät, die Statue zersplitterte in Hunderte von Scherben, und eine braunrote Flüssigkeit ergoss sich über den Boden des Karrens. Dazwischen funkelten silberne Münzen, goldene Ringe und einige glänzende Gulden; aber auch unzählige fleckige Kreuzer und Pfennige waren darunter. Ein ganzer Berg Geld, der im Inneren der Statue zu rosten begonnen hatte.

»Der Schatz des Reliquienhändlers«, flüsterte Jakob Geltinger und starrte wie versteinert auf die Scherben und Münzen. »Er war da drin, direkt vor mir. Ich blödes Rindvieh …«

»Manchmal sieht man eben den Wald vor lauter Bäumen nicht«, sagte Georg Asam, bückte sich und hob einen der rostigen Kreuzer auf. »Wahrscheinlich wäre ich selbst nicht darauf gekommen. Aber Gott sei Dank war Georg Ayndorfer ein echter Geizhals, der auch sein kupfernes, fleckiges Kleingeld gehortet hat. Nur so konnte St. Quirin Blut weinen. Die rote Flüssigkeit ist nichts weiter als der Rost von Kreuzern und Pfennigen.«

»Das ist ein Vermögen«, murmelte der einäugige Reliquienhändler. »Ein echtes, verfluchtes Vermögen. Was soll nun mit all dem Geld werden? So weit ich weiß, hat Ayndorfer keine Erben …«

Georg Asams Antwort ließ nicht lange auf sich warten. »Die Kirchenfresken verschlingen Unsummen«, erwiderte er und biss probeweise auf einen der Goldgulden. »Ich bin sicher, der Heilige hat nichts dagegen, wenn wir von seinem Schatz die Arbeiten in der Kirchenkuppel finanzieren.« Der Maler lächelte und ließ die Münze durch seine Finger zu Boden gleiten, wo sie klimpernd in die Ecken des Wagens rollte. »Es wird sein Ansehen in der Welt mehren. Ich hoffe, dass schon bald von überall her Menschen in unsere schöne Kirche pilgern werden.«

Georg Asam schob den Balken an der Tür zurück und ließ die verwunderten Büttel hinein. Nur kurze Zeit später führten fünf bewaffnete Männer den Schankwirt Jakob Geltinger unter wüsten Schmährufen vom Marktplatz zum Karzer. Die beiden Reliquienhändler dankten Georg Asam tausendmal, bevor sie ihm ein Steinöl und ein Pauluspulver schenkten und ihm versprachen, noch heute in der Pfarrkirche eine Kerze für ihn aufzustellen.

Als sie gegangen waren, blieb Georg Asam eine Weile alleine im Karren. Schließlich kniete er in der Gebetsbank nieder und sprach ein kurzes Gebet.

»St. Quirin sei Dank, du hast mir ein fünftes Wunder geschickt«, flüsterte er. »Sei versichert, das Geld ist gut angelegt. Ich werde dein Heim schmücken wie das Paradies.«

Dann machte er sich pfeifend auf den Weg zurück in die Kirche. Er würde gleich vor dem Mittagessen mit dem Malen anfangen.

Anmerkung:

Der Maler Georg Asam lebte von 1649 bis 1711. Er war der Vater der berühmten Barockmaler Cosmas Damian und Egid Quirin. Zwischen 1688 und 1694 weilte Asam tatsächlich mit seiner Familie am Tegernsee, wo er die Fresken der Pfarrkirche St. Quirinus schuf – darunter die vier Wunder des Heiligen, die im Vorraum der Kirche zu besichtigen sind.

AUTOREN-BIOGRAFIEN
(in alphabetischer Reihenfolge)

Andreas Föhr

Andreas Föhr, Jahrgang 1958, verbrachte seine gesamte Schulzeit am Tegernsee und machte 1977 am Tegernseer Gymnasium Abitur. Der gelernte Jurist arbeitete einige Jahre bei der Rundfunkaufsicht und als Anwalt. Seit 1991 verfasst er erfolgreich Drehbücher für das Fernsehen, mit Schwerpunkt im Bereich Krimi. Unter anderem schrieb er für »SOKO 5113«, »Ein Fall für Zwei« und »Der Bulle von Tölz«. Sein Debütroman »Der Prinzessinnenmörder«, der in der Tegernsee- und Schliersee-Region spielt, wurde mit dem renommierten Friedrich-Glauser-Preis ausgezeichnet. Andreas Föhr lebt bei Wasserburg in Oberbayern.

Henrike Heiland

Henrike Heiland, geb. 1975, lernte gleich nach Laufen und Sprechen Klavierspielen. Sie arbeitete beim Radio und für diverse Zeitungen, entschied sich nach ihrer Klavierausbildung für ein Literaturstudium und verbrauchte dafür fünf Unis: Bonn, Marburg, Gießen, Newcastle-upon-Tyne und Durham. Während der Semesterferien verbrachte sie viel Zeit an europäischen Theatern zwischen London und Basel, vor, hinter und auf der Bühne. Irgendwie landete sie beim

Film in München, wo ihre durchaus sesshafte Familie bis heute wohnt. Nach ein paar weiteren Umzügen – Hamburg und Edinburgh zum Beispiel – parkt sie ihren Käfer derzeit in Berlin. Von ihr erschienen bisher fünf Kriminalromane (u.a. »Das alte Kind« unter dem Pseudonym Zoë Beck) und romantische Komödien (»Von wegen Traummann«, u.a.). 2010 wurde sie als Zoe Beck für den Friedrich-Glauser-Preis in der Sparte Kurzkrimi ausgezeichnet, 2011 war sie erneut nominiert.

www.henrikeheiland.de

Herbert Knorr

Herbert Knorr wurde 1952 geboren. Der promovierte Literaturwissenschaftler ist seit 1994 Leiter des Westfälischen Literaturbüros in Unna e.V. und dort zuständig für Autoren-, Lese- und Literaturförderung in Nordrhein-Westfalen. Zusammen mit anderen erfand er das Krimi-Festival »Mord am Hellweg«. Als »Chris Marten« schrieb er u.a. gemeinsam mit Birgit Biehl die Thriller »Hydra« (2009) und »Todespfad« (2011).

www.mord-am-hellweg.de

Tatjana Kruse

Tatjana Kruse, Jahrgangsgewächs aus süddeutscher Hanglage mit Migrationshintergrund (Vater Schweizer, Mutter Friesin), lebt und arbeitet zwar in Schwäbisch Hall (kein Synonym für eine Bausparkasse, sondern die vermutlich kleinste Metropole der Welt), ist aber bavariaphil. Seit dem Jahr 2000 schreibt sie Kriminalromane, u.a. die »Kommissar Seifferheld«-Reihe.

www.tatjanakruse.de

Harry Luck

Harry Luck wurde 1972 in Remscheid geboren und lernte beim Remscheider Generalanzeiger das journalistische Handwerk. 1995 kam er nach München, wo er Politik studierte und bei verschiedenen Zeitungen und Radiosendern arbeitete. 1999 baute er die Bayernredaktion der Nachrichtenagentur ddp auf, die er bis 2004 leitete. Als stellvertretender Nachrichtenchef bei Focus Online betreut er auch als Leiter der Focus-Online-Mordkommission die wöchentliche Krimi-Kolumne. Luck ist Mitglied in der Krimi-Autorenvereinigung Syndikat. Mit »Der Isarbulle« debütierte er 2003 als Krimi-Autor. Weitere Kriminalromane: »Schwarzgeld«, »Wiesn-Feuer«, »Absolution«, »Das Lächeln der Landrätin« und zuletzt »Lachen und Schießen«. Harry Luck lebt in München.

www.harryluck.de

Jörg Maurer

Jörg Maurer, geboren 1953, stammt aus Garmisch-Partenkirchen und ist tätig als Autor und Musikkabarettist. Eine feste Größe in der süddeutschen Kabarettszene, leitete er jahrelang ein Theater in München und wurde für seine Arbeit mehrfach ausgezeichnet, sein Krimi-Kabarettprogramm ist Kult. Seine Romane »Föhnlage«, »Hochsaison« und »Niedertracht«, Alpenkrimis mit viel Atmosphäre und schwarzem Humor, stürmten die Bestsellerlisten.

www.joergmaurer.de

Felicitas Mayall

Felicitas Mayall (alias Barbara Veit) wurde 1947 in München geboren und wuchs in Wiesbaden und Hamburg auf. Sie studierte Politik- und Zeitungswissenschaften und besuchte die Deutsche Journalistenschule in München. Anschließend arbeitete sie als Redakteurin bei der Süddeutschen Zeitung. Seit 1978 ist sie als Autorin von Krimis, Sachbüchern sowie Kinder- und Jugendbüchern tätig. Von ihrer erfolgreichen Laura-Gottberg-Krimiserie liegen bereits sechs Folgen vor, der 7. Fall erscheint 2011. Mit ihrem australischen Ehemann Paul Mayall lebt sie abwechselnd in Australien und in Prien am Chiemsee. Ihr Großvater lebte am Tegernsee.

Erik Ode

Erik Ode wurde 1910 in Berlin als Sohn des Schauspielers Fritz Odemar geboren. Schon als Schüler spielte er in einem Stummfilm mit. Nach seiner Schauspielausbildung spielte er Theater und bekam erste Filmrollen. 1928 gründete er mit Max Colpet in

Berlin das Kabarett »Anti«. Nach dem Zweiten Weltkrieg spielte er Theater, führte Regie bei Hörspielen und Synchronarbeiten und war selbst Synchronsprecher von Cary Grant, Gene Kelly, Bing Crosby und Fred Astaire. Ab 1961 arbeitete Erik Ode auch fürs Fernsehen. Zwischen 1969 und 1976 verkörperte er in 97 Folgen die Titelfigur der ZDF-Serie »Der Kommissar«, die als eine der erfolgreichsten Krimiserien im Deutschen Fernsehen gilt. Am 19. Juli 1983 starb Erik Ode in Weissach/Kreuth am Tegernsee, wo er viele Jahre bis zu seinem Tod mit seiner Frau, der Wiener Schauspielerin Hilde Volk, gelebt hatte. 2010 wäre er 100 Jahre alt geworden.

Die in dieser Anthologie abgedruckte Geschichte von Erik Ode ist das letzte Kapitel aus: Der Kommissar und ich – Die Erik-Ode-Story. Von Erik Ode.

Oliver Pötzsch

Oliver Pötzsch, Jahrgang 1970, arbeitet seit Jahren als Filmautor für das Bayerische Fernsehen, vor allem für die Kultursendung »quer«. Er ist ein Nachfahre der berühmten bayerischen Henkersdynastie Kuisl, die vom 16. – 19. Jahrhundert gewirkt hat. Seine historische Roman-Serie »Die Henkerstochter«, die die Bestsellerlisten stürmte und sogar in den USA erschien, spielt kurz nach dem Ende des Dreißigjährigen Krieges. Darin ermittelt Pötzschs Vorfahr, der Schongauer Scharfrichter Jakob Kuisl, gemeinsam mit seiner Tochter Magdalena und dem Medicus Simon Fronwieser. Drei Romane liegen bereits vor, der 4. Band ist in Vorbereitung. 2011 erschien anlässlich des 125. Todestags von König Ludwig II. sein Kriminalroman »Die Ludwig-Verschwörung«.

Oliver Pötzsch lebt mit seiner Frau und zwei Kindern in München. Seine Schwiegermutter lebt in Rottach, er verbringt als begeisterter Wanderer und Skilangläufer mit seiner Familie die Wochenenden am liebsten am Tegernsee.

www.oliver-poetzsch.de

Michael Rossié

Michael Rossié, geboren am 19.07.1958 in Köln und aufgewachsen in Süchteln am Niederrhein, lebt seit über 30 Jahren als Schauspieler, Coach und Autor in München, von wo er oft und gerne am Wochenende an den Tegernsee fährt. Er schrieb Drehbücher für Fernsehserien sowie das Drehbuch zu dem Kinofilm »Supersingle«. Michael Rossié schreibt Sachbücher, Kurzkrimis für Anthologien und Zeitschriften und ist Mitglied im Syndikat. 2006 wurde er für den Kurzkrimi-Glauser nominiert, 2008 gewann er den Literaturpreis Timmendorfer Strand, außerdem war er für den Agatha-Christie-Krimipreis 2009 und den deutschen Kurzkrimipreis 2009 nominiert. Weitere

Bücher: »Sprechertraining«, »Frei sprechen«, »Ruhe bitte – wir proben« u.a.
www.sprechertraining.de

Jörg Steinleitner

Jörg Steinleitner, geboren 1971 im Allgäu, studierte Jura, Germanistik und Geschichte in München und Augsburg und absolvierte die Journalistenschule in Krems/Wien. 2002 ließ er sich nach Stationen in Peking und Paris als Rechtsanwalt in München nieder. Er schrieb u.a. für das Süddeutsche Zeitung Magazin und veröffentlichte mehrere Bücher, darunter den Krimi »Tegernseer Seilschaften« (2. Platz bei der Wahl zum Krimi-Publikumspreis des deutschen Buchhandels) um die junge Polizeihauptmeisterin Anne Loop. Steinleitner lebt und arbeitet in München sowie auf einem Bauernhof im Blauen Land.
www.steinleitner.com

Sabine Thomas

Die Münchner Autorin Sabine Thomas wurde bekannt als TV-Moderatorin von Musik- und Jugendmagazinsendungen bei ARD, TELE5 und Musicbox. Sie hat einen preisgekrönten Roman (»Yaizas Insel«) Bildtextbände über Popstars wie Abba, Robbie Williams u.a. sowie zahlreiche Kurzkrimis in Anthologien veröffentlicht und verfasste Drehbücher für eine ARD-Kinderkrimiserie. Seit 2003 veranstaltet sie jährlich das Krimifestival München. 2009 organisierte sie erstmals ein Krimifestival am Tegernsee, seitdem in lockerer Folge die »Tegernseer Kriminächte«. Sie ist Herausgeberin der Krimi-Anthologien »Tatort Ammersee« und »Tod am Starnberger See«. Ihre Großmutter und Urgroßeltern stammen aus der Tegernsee-Region, sie selbst lebt vor den Toren Münchens am Ammersee.

www.sabinethomas.de

www.tegernseer-kriminaechte.de

Josef Wilfling

Josef Wilfing, Kriminaloberrat a. D., geboren 1947, war 22 Jahre bei der Münchner Mordkommission tätig, die er jahrelang leitete. In dieser Zeit klärte er spektakuläre Fälle wie die Morde an Schauspieler Walter Sedlmayr und Modezar Rudolph Moshammer. Sein 2010 erschienenes Buch »Abgründe – Wenn aus Menschen Mörder werden« stürmte die Bestsellerlisten und führte ihn durch zahlreiche TV-Talkshows. Im Frühjahr 2012 erscheint sein nächstes Buch.

Weitere Krimis finden Sie auf den folgenden Seiten und im Internet: www.gmeiner-verlag.de

Sabine Thomas (Hrsg.)
Tod am Starnberger See
978-3-8392-1103-8

»Zwischen Gänsehaut und Augenzwinkern.«

Hier kam Märchenkönig Ludwig II. unter mysteriösen Umständen ums Leben, hier residieren hinter hohen Mauern in prachtvollen Villen die meisten Millionäre Deutschlands – und solche, die es werden wollen. Notfalls gehen sie dabei auch über Leichen … 12 Autoren haben sich zusammengetan und den bayerischen See zum Schauplatz ihrer Kurzkrimis gemacht. Ob ein Sommerfest in der geschichtsträchtigen Villa Waldberta, das zum Sommernachtsalbtraum gerät oder ein morbides Damenkränzchen im Seniorenheim, das sich Zeit mit bösen Spielchen vertreibt: Die Geschichten sind so unterschiedlich wie ihre Autoren und deren Protagonisten: bitterböse, spannend, beklemmend, literarisch, aber auch witzig oder skurril.

GMEINER

Wir machen's spannend

Marco Sonnleitner
Blutzeugen
978-3-8392-1399-5

»München in Angst vor einem Serienmörder.«

Ein bizarrer Mord an einem Finanzbeamten stellt die Münchener Kriminalpolizei vor ein Rätsel. Vielleicht weiß Bartholomäus Kammerlander eine Antwort? Aber der ehemalige Hauptkommissar hat vor Jahren den Dienst quittiert. Doch dann schlägt der Mörder erneut zu – genauso brutal, genauso rätselhaft. Jetzt kann Bartholomäus nicht mehr anders, er muss den Täter finden. Wird er ihn stellen, bevor ein weiterer Mord begangen wird?

GMEINER

Wir machen's spannend

Thomas Erle
Teufelskanzel
978-3-8392-1394-0

»Keltische Mystik im Schwarzwald – mit Gänsehautfaktor!«

Aschermittwoch. Am Kandel, dem sagenumwobenen Schwarzwaldberg, wird unterhalb der Teufelskanzel die Leiche eines jungen Mannes im Hexenkostüm gefunden. Die Polizei ist ratlos und vermutet das tragische Ende einer Mutprobe. Lothar Kaltenbach, Musiker und Weinhändler aus Emmendingen bei Freiburg, glaubt nicht an einen Unfall. Gemeinsam mit der Schwester des Toten versucht er, die wahren Zusammenhänge aufzudecken und kommt dabei einem düsteren Geheimnis auf die Spur …

Unsere Lesermagazine

2 x jährlich das Neueste aus der Gmeiner-Bibliothek

24 x 35 cm, 32 S., farbig; inkl. Büchermagazin »nicht nur« für Frauen

10 x 18 cm, 16 S., farbig

Alle Lesermagazine erhalten Sie in Ihrer Buchhandlung oder unter www.gmeiner-verlag.de.

GmeinerNewsletter

Neues aus der Welt der Gmeiner-Romane

Haben Sie schon unsere GmeinerNewsletter abonniert?

Monatlich erhalten Sie per E-Mail aktuelle Informationen aus der Welt der Krimis, der historischen Romane und der Frauenromane: Buchtipps, Berichte über Autoren und ihre Arbeit, Veranstaltungshinweise, neue Literaturseiten im Internet und interessante Neuigkeiten.

Die Anmeldung zu den GmeinerNewslettern ist ganz einfach. Direkt auf der Homepage des Gmeiner-Verlags (www.gmeiner-verlag.de) finden Sie das entsprechende Anmeldeformular.

Ihre Meinung ist gefragt!

Mitmachen und gewinnen

Wir möchten Ihnen mit unseren Romanen immer beste Unterhaltung bieten. Sie können uns dabei unterstützen, indem Sie uns Ihre Meinung zu den Gmeiner-Romanen sagen! Senden Sie eine E-Mail an gewinnspiel@gmeiner-verlag.de und teilen Sie uns mit, welches Buch Sie gelesen haben und wie es Ihnen gefallen hat. Alle Einsendungen nehmen automatisch am großen Jahresgewinnspiel mit attraktiven Buchpreisen teil.

GMEINER

Wir machen's spannend